歷代全集叢刊／張印棟主編

蘇子由遺著彙刊（第一册）

（北宋）蘇轍　撰

河南人民出版社

圖書在版編目(CIP)數據

蘇子由遺著彙刊(全十四册) / (北宋) 蘇轍撰. —鄭州 : 河南人民出版社, 2018. 1
(歷代全集叢刊 / 張印棟主編)
ISBN 978-7-215-11034-2

Ⅰ. ①蘇… Ⅱ. ①蘇… Ⅲ. ①中國文學-古典文學-作品綜合集-北宋 Ⅳ. ①I214.412

中國版本圖書館 CIP 數據核字(2017)第 286042 號

河南人民出版社出版發行
(地址：鄭州市經五路 66 號　郵政編碼：450002　電話：65788063)
新華書店經銷　　河南新華印刷集團有限公司印刷
開本 710 毫米×1000 毫米　1/16　印張 405.25
字數 4830 千字
2018 年 1 月第 1 版　　2018 年 1 月第 1 次印刷

定價：3242.00 圓(全十四册)

出版前言

無論是思想體系的發展，還是社會的進步，在一定的時間段之内，都會經歷從宏觀到微觀的發展過程。這一過程也是一個漫長的不斷演化、完善的進程，其間會經歷曲折、反復，甚至可能出現倒退，但終將走向巔峰，從而進入一個更高級的階段。

春秋戰國時期，諸子争鳴，百花齊放，從而建立了中國的各類學術思想體系。這些學術思想體系的誕生，爲之後兩千多年中國學術思想的發展定型，創制基本架構。從西漢開始，儒學確立統治地位，隨之而來的是以經學、文學、史學爲代表，逐漸開始微觀化研究、實踐、發展，在不斷融合外來文明的同時，持續補正、深化本民族的本體學術思想體系。在此期間，漢代、唐宋、明代可稱爲代表，而清代則登峰造極，把中國傳統學術思想體系從各個方面全面梳理、歸納、綜覈。到清末民初，近代思潮勃興，中國學術思想體系進入了一個新的發展時期。

從政治制度上講，先秦以來，隨着疆域的擴張，人口的增加，經濟的發展，政治理論不斷創新、完善，新的機制、新的運行框架不斷出現，逐漸形成了適應這片遼闊土地的成熟制度，也讓以農業爲主體的中國成爲世界上的幾大强國之一。其中，漢、唐、明、清仍是代表時期。可以説，一個王朝、一個國家的興盛發達、長治久安必然伴隨着政治制度的改革和創新，而這都離不開微觀化的研究和實踐。

進入現代社會，無論是政治制度，還是學術思想體系，都隨着社會的巨大變化，社會分工的不斷細化，也都呈現出越來越微觀化的顯著特徵。

影響到對傳統文化的研究，也同時呈現出局部、行業、專題、個體性等等的微觀化趨勢。

每一次的社會進步、學術思想的繁榮，都必然出現集大成者、標志性的人物。這些人物歷來都是學者研究的重點，也是每一個人效仿的標杆。隨之而來的就是個人全集的興起。

唐宋時就有匯輯某一個人各類著作的全集出現。到明代，無論是編輯前人著作全集，還是匯編本人著作全集，亦或是編刻當代人物全集，都已經成爲那時的時尚風氣。進入清代以後，編纂家族成員全集更是幾乎成爲每一個家族的使命，也是學者的一個必然追求。這一風氣一直影響到當代中國。

“歷代全集叢刊”正是順應當代學術研究趨勢的一個選擇。

該叢刊選取唐以來在各個方面、各個時期有價值的個人著作全集，其來源有三類。一類是以往刊刻的全集，一類是過往叢書中已經全部匯集刊刻但未命名的全集，一類是我們據已刊散本匯編的個人全集。

這些全集均以影印方式出版。除了盡量選取最好、最全的版本，如有近人輯録的逸文、逸作，也盡量以附録的形式補入。

個人全集不僅是研究某一個重要歷史人物的最重要、最原始的資料，更是某一個歷史時期、某一種學術領域的代表性載體，其中往往記載了最原始的細節過程，若取一個時期衆人的記載，我們就能够還原一段歲月，因此，從某種程度上，可以説這就是一段歷史，而且是無比具象化、能引領人們身臨其中的一段歷史。

新中國以前的全集都是以個人、家族、地區性人物著作集形式小規模刊刻，尚未有大規模集成出版者。“歷代全集叢刊”也算是順應當下學術研究和社會的需求而生，或能于國學的勃興、學術的繁榮貢獻一臂之力。

編　語

蘇轍的著作之富不遜于乃兄蘇東坡，計有《詩集傳》《春秋集傳》《論語拾遺》《孟子解》《古史》《龍川略志》《龍川別志》《老子解》《南行集》（三蘇）《南行後集》（三蘇）《欒城集》《欒城後集》《欒城三集》《應詔集》等。其著作流傳廣泛，單行本、選本衆多，各類叢書中亦多有收録，然截至民國時期，一直没有出版其全部著作的合集。

蘇轍的文集爲其親手編定，宋代就有蜀本、閩本等版本。此後，元、明、清各代多有刊刻。明代有蜀王朱讓栩、王執禮（清夢軒）兩種刻本，其中翻刻蜀本的活字刻本收入《四部叢刊》，雖舛誤頗多，然刊印質量較佳，今所選即爲此本。

《詩集傳》有宋淳熙七年蘇詡筠州公使庫刻本、明刻本、《兩蘇經解》本、《四庫全書》本等，今選用宋刻本。《春秋集傳》有明刻本、《兩蘇經解》本、清刻本、《四庫全書》本、《經苑》本等，今選用《四庫全書》本。《論語拾遺》、《孟子解》有《説郛》本、《兩蘇經解》本、清刻本、《四庫全書》本、《指海》本、《清芬堂叢書》本，今選用《指海》本。

《古史》有宋刻本、《四庫全書》本等，今選用《四庫全書》本。《龍川略志》和《龍川別志》有宋抄本、《説郛》本、明抄本、明長洲吴氏叢書堂抄本、《百川學海》本、《四庫全書》本等，今選用民國二十二年涵芬樓刊本。

《老子解》有明抄本、《兩蘇經解》本、《寶顏堂秘笈》本、《四庫全書》本等，今選用《寶顏堂秘笈》本。

最後附有《蘇潁濱年表》，宋孫汝聽編，選用清宣統二年繆荃孫《藕香零拾》校訂本。

目　録

欒城集五十卷　四部叢刊本（第一册—第四册）

第一册（卷一至卷六）……………………………………一—四一六

《欒城集·詩五十二首》（卷一）《欒城集·詩六十九首》（卷二）
《欒城集·詩七十五首》（卷三）《欒城集·詩七十四首》（卷四）
《欒城集·詩六十六首》（卷五）《欒城集·詩一百首》（卷六）

第二册（卷七至卷二十三）……………………………四一七—九八八

《欒城集·詩五十六首》（卷七）《欒城集·詩六十八首》（卷八）
《欒城集·詩七十首》（卷九）《欒城集·詩九十六首》（卷十）
《欒城集·詩八十六首》（卷十一）《欒城集·詩八十九首》（卷十二）
《欒城集·詩八十六首》（卷十三）《欒城集·詩八十五首》（卷十四）
《欒城集·詩八十五首》（卷十五）
《欒城集·詩一百二十首》（卷十六）
《欒城集·賦八首》（卷十七）
《欒城集·辭五首、詩二首、頌二首》（卷十八）
《欒城集·新論三首》（卷十九）《欒城集·策問三十五首》（卷二十）
《欒城集·書一首》（卷二十一）《欒城集·書十首》（卷二十二）
《欒城集·記九首》（卷二十三）

第三册（卷二十四至卷三十五）……………………九八九—一四三八

《欒城集·記九首》（卷二十四）

《欒城集·墓表銘四首、傳二首、叙三首》（卷二十五）
《欒城集·祭文十七首、祝文十六首》（卷二十六）
《欒城集·西掖告詞六十一首》（卷二十七）
《欒城集·西掖告詞六十一首》（卷二十八）
《欒城集·西掖告詞六十一首》（卷二十九）
《欒城集·首西掖告詞五十九首》（卷三十）
《欒城集·西掖告詞五十一首》（卷三十一）
《欒城集·西掖告詞四十九首》（卷三十二）
《欒城集·北門書詔五十四首、麻制十三首》（卷三十三）
《欒城集·北門書詔祈祝九十首、批答四十四首》（卷三十四）
《欒城集·論時事狀三首、表二首》（卷三十五）

第四册（卷三十六至卷五十）……………………一四三九——九七六

《欒城集右司諫論時事狀七首》（卷三十六）
《欒城集·右司諫論時事狀十六首》（卷三十七）
《欒城集·右司諫論時事狀十二首》（卷三十八）
《欒城集·右司諫論時事狀五首》（卷三十九）
《欒城集·户部侍郎論時事狀六首》（卷四十）
《欒城集·户部侍郎論時事狀六首》（卷四十一）
《欒城集·御史中丞論時事劄子七首》（卷四十二）
《欒城集·御史中丞論時事劄子九首》（卷四十三）
《欒城集·御史中丞論時事劄子五首》（卷四十四）
《欒城集·御史中丞論時事劄子十二首》（卷四十五）
《欒城集·御史中丞論時事劄子六首》（卷四十六）
《欒城集·中書捨人撰兩府請賀謝表狀十首》（卷四十七）
《欒城集·雜謝恩命表狀二十一首》（卷四十八）
《欒城集·代人上表二十三首》（卷四十九）
《欒城集·啓示二十二首》（卷五十）

欒城後集二十四卷，四部叢刊本

第五册……一九七七—二六六二

《欒城後集·詩七十首》（卷一）《欒城後集·詩七首》（卷二）
《欒城後集·詩七十首》（卷三）《欒城後集·詩七十首》（卷四）
《欒城後集·雜文十二首》（卷五）《欒城後集·孟子解二十四章》（卷六）
《欒城後集·歷代論》（卷七）《欒城後集·歷代論二首》（卷八）
《欒城後集·歷代論三首》（卷九）《欒城後集·歷代論四首》（卷十）
《欒城後集。歷代論五首》（卷十一）
《欒城後集·潁濱遺老卷上》（卷十二）
《欒城後集·潁濱遺老卷下》（卷十三）《欒城後集》（卷十四）
《欒城後集》（卷十五）《欒城後集》（卷十六）
《欒城後集》（卷十七）《欒城後集·表疏十九首》（卷十八）
《欒城後集·青詞十一首、祝文兩首》（卷十九）
《欒城後集·祭文十八首》（卷二十）
《欒城後集·雜文十三首》（卷二十一）
《欒城後集·墓志銘一首》（卷二十二）
《欒城後集·神道碑一首》（卷二十三）
《欒城後集·雜文五首》（卷二十四）

《欒城三集》十卷，四部叢刊本　《應詔集》十二卷 四部叢刊本

第六册……二六六三—三一九八

《欒城三集·詩七十首》（卷一）《欒城三集·詩七十一首》（卷二）
《欒城三集·詩七十首》（卷三）《欒城三集·詩十二首》（卷四）
《欒城三集·詩賦銘贊十首》（卷五）《欒城三集·策問論十六首》（卷六）
《欒城三集·論語拾遺》（卷七）《欒城三集》（卷八）
《欒城三集》（卷九）《欒城三集》（卷十）《欒城應詔集》（十二卷）

《詩集傳》二十卷 宋淳熙七年蘇詡筠州公使庫刻本

第七册……………………………………………………三一九九—三五六〇
《詩集傳》（十卷）

第八册……………………………………………………三五六一—三九五二

《詩集傳》（十卷）宋淳熙七年蘇詡筠州公使庫刻本

第九册……………………………………………………三九五三—四四二四

《春秋集解》（十二卷）四庫全書本
《論語拾遺》（一卷）指海本
《孟子解》（一卷）潁濱遺老撰寫 指海本

《古史六十卷》四庫全書本

第十册……………………………………………………四四二五—四九二二

《古史·三皇本紀》（卷一）《古史·五帝本紀》（卷二）
《古史·夏本紀》（卷三）《古史·殷本紀》（卷四）
《古史·周本紀》（卷五）《古史·秦本紀》（卷六）
《古史·秦始皇本紀》（卷七）《古史·吴太伯世家第一》（卷八）
《古史·齊太公世家第二》（卷九）《古史·魯周公世家第三》（卷十）
《古史·燕召公世家第四》（卷十一）
《古史·蔡叔曹叔世家第五》（卷十二）
《古史·陳杞世家第六》（卷十三）
《古史·衛康叔世家第七》（卷十四）
《古史·宋微子世家第八》（卷十五）

第十一册……四九二三—五四八四

《古史·晋唐叔世家第九》（卷十六）《古史·楚世家第十》（卷十七）
《古史·鄭世家第十一》（卷十八）《古史·越世家第十二》（卷十九）
《古史·趙世家第十三》（卷二十）
《古史·魏世家第十四》（卷二十一）
《古史·韓世家第十五》（卷二十二）
《古史·田敬仲世家第十六》（卷二十三）
《古史·伯夷列傳第一》（卷二十四）
《古史·管晏列傳第二》（卷二十五）
《古史·柳下惠列傳第三》（卷二十六）
《古史·曹子臧吴季札列傳第四》（卷二十七）
《古史·晋範文子列傳第五》（卷二十八）
《古史·晋叔向列傳第六》（卷二十九）
《古史·鄭子産列傳第七（卷三十）
《古史·孔子列傳第八》（卷三十一）

第十二册……五四八五—五八七八

《古史·孔子弟子列傳第九》（卷三十二）
《古史·老子列傳第十》（卷三十三）
《古史·孟子孫卿列傳第十一》（卷三十四）
《古史·伍員列傳第十二》（卷三十五）
《古史·孫武吴起列傳第十三》（卷三十六）
《古史·範蠡大夫種列傳第十四》（卷三十七）
《古史·葉公列傳第十五》（卷三十八）
《古史·商君列傳第十六》（卷三十九）
《古史·蘇秦列傳第十七》（卷四十）
《古史·張儀列傳第十八》（卷四十一）
《古史·樗裹子甘茂列傳第十九》（卷四十二）
《古史·穰侯列傳第二十》（卷四十三）
《古史·白起王翦列傳第二十一》（卷四十四）

《古史·孟嘗君列傳第二十二》（卷四十五）
《古史·平原君列傳第二十三》（卷四十六）
《古史·魏公子列傳第二十四》（卷四十七）

第十三册……………………五八七九—六一六六

《古史·春申君列傳第二十五》（卷四十八）
《古史·範睢蔡澤列傳第二十六》（卷十四九）
《古史·樂毅列傳第二十七》（卷五十）
《古史·廉頗藺相如列傳第二十八》（卷五十一）
《古史·田單列傳第二十九》（卷五十二）
《古史·屈原列傳第三十》（卷五十三）
《古史·虞卿魯仲連第三十一》（卷五十四）
《古史·吕不韋列傳第三十二》（卷五十五）
《古史·李斯列傳第三十三》（卷五十六）
《古史·蒙恬列傳第三十四》（卷五十七）
《古史·扁鵲列傳第三十五》（卷五十八）
《古史·刺客列傳第三十六》（卷五十九）
《古史·滑稽列傳第三十七》（卷六十）

第十四册……………………六一六七—六四三二

《蘇黄門龍川略志》十卷，别志二卷 民國二十二年涵芬樓刊本
《老子解》二卷 寶顔堂秘笈本
《蘇潁濱年表》一卷 宋孫汝聽編 清宣統二年繆荃孫藕香零十本

欒城集五十卷
後集二十四卷
三集十卷

四部叢刊集部

上海涵芬樓景印明蜀府活字本原書版匡高營造尺六寸寬四寸五分

欒城集序目録

物之顯晦各有其時故荆山之王侯卞和而始獻豐城之劍待雷煥而始出盬車之驥須伯樂而始重况文章為天地間至寶弗遇其人則空歷年所湮没無聞曾謂顯晦不有時乎有宋文運弘開五星再聚故三蘇並出於眉山若文定者天性高明資禀渾厚旣有父文安以

為之師又有兄文忠以為之友故其文章遂成大家議者謂其汪洋澹泊深醇温粹似其為人文忠亦嘗稱之以為實勝於已信不誣也夫何老泉東坡全集盛行獨公所著雖附三蘇集而采輯未備雖有潁濱集而脫誤實多君予未嘗不三歎焉玉溪家有欒城集善本謀諸石川以公眉人也故托合川欲刻之眉

州合川能以是書爲已任謀諸藩臬謂
公蜀産也故命有司欲刻之蜀省

蜀王殿下聞之毅然曰文定三蜀之豪傑
也其文章三蜀之精華也孤忝主蜀可
諉之他人乎於是令髙長史鵬舒教授
文明校正鋟梓以廣其傳噫文定之文
固無終晦之理然匪玉溪則夜光藴於
石匪石川合川則龍精沉於獄匪

蜀殿下則驊騮綠耳混於駑駘款段又烏
能有今日之顯哉王溪乃張公名潮吏
部左侍郎四川內江人石川乃張子名
褱通政司右叅議直隸崑山人合川乃
王子名珩巡按四川監察御史直隸交
河人
蜀殿下則號適庵實我
太祖高皇帝七葉孫其樂善好古率多類此

云

嘉靖二十年歲在辛丑五月吉日儀封

劉大謨書

欒城集序

余庚子被

余按蜀數月得吾師王溪公所録欒城集八十四卷通政張子石川亦以書道公意謂文定眉之文英其所爲文與詩宜刻於眉庚先賢精華不至淪没此公意也是時適秋試士未暇付之有司既而撤

闈又聞

蜀王殿下素被服禮義學閑詩書常於寔
士爲忘勢之交尤好蓄古今書籍廼與
巡撫東臯公以其集詢之
王王大悅謂三蘇西蜀豪傑宋興文運之
盛以文鳴于世與歐陽公並稱者蘇之
外無聞焉文定之文與詩又素稱冲雅
不事艷麗今幸得覩其全集即命付諸
鋟不必胥也復令長史髙鵬與教授等

官司其事余時亦以地方少歟南歷嘉
眉公暇即詣蘇祠訪其遺跡亦以夙仰
其風也有指其池以相告者曰此東坡
所濬蓮池即其讀書處也近有生徒刻
荷為皖樹以稻其人夜夢三蘇公令人
笞之既而司道來謁詰之得其狀怒而
重責之禁不得再藝衆皆異之謂東坡
之精靈未泯也有指其樹以相告者曰

此者老泉手所植榆也大數十圍中枯有罅可容數人牧童往往攀入戲蹂近以塵飛雨注罅漸以合而枝葉復生衆皆異之謂老泉之精靈未泯也嗚乎池開于東坡樹植于老泉數百年之後猶能使盜者被譴枯者起榮況其所為文與詩發乎性情會乎神景才思精緼盡在于斯使其淪没不傳於世彼文定者

其在天之靈又當何如也邪或又曰眉
舊有三蘇集廼前大廵朱兩崖檄其州
守所刻也謂三蘇眉人而眉無集刻亦
所以重其里也但板已昏漶而詩體未
備終爲鈌典也然則今日斯集之刻是
又不但補蘇集之未備而文定公數百
年才思所發得以流布天下垂諸不朽
其視東坡之蓮老泉之榆水木花草一

物之微尚克永世者豈可同年語邪歸

成都適集刻告成因以所聞者爲

王言之

王喜其説謂此正不忘先賢遺澤之意也

遂書以爲序

嘉靖辛丑夏五月巡按四川監察御史

前翰林吉士交河王珩序

欒城集凡例總目

一文定謚議共七葉原本在三卷目録之後今冠諸目録之前以謚議重自朝廷而三集亦公生前事也

一欒城三集目録舊總一冊今惟前集附謚議後而後集三集俱附各集前蓋以類相從且便閱也

一詩類同題各出除同卷相去不遠者歸併餘仍因之如九日九首散見於後集三集凡三出之類意亦隨年遞書云爾

一廟號舊本每空二字今一一直書下時非宋也

一欒城集舊五十卷今幷目録總九百七十二葉

一欒城後集舊二十四卷今幷目録總三百四十

三葉

一欒城三集舊十卷今幷目録總一百零九葉

凡例總目畢

蘇文定公謚議

承淳熙三年七月十三日

勑中書門下省尚書省送到吏部狀准禮部關准都省批下故門下侍郎蘇轍定謚事令具下項一准禮部關承淳熙三年二月二十四日　勑試禮部尚書兼侍讀兼給事中兼吏部尚書趙雄劄子奏臣竊詳

國朝故實名臣既殁而不乞謚者往往因臣寮建請

特賜徽稱故楊徽之之謚文莊宋綬寔請之宋祁之謚景文張方平寔請之張方平之謚文定蘇轍寔請之凡以尚賢報功昭示無極

聖王之所以寵綏臣子者於是至矣臣伏見故門下
侍郎蘇轍初以制舉對策受知
仁宗乍起草萊而鯁亮切直之聲固已震耀天下晚
乃歷踐臺省遂躋政途其絕學長才嘉言讜論與夫
進退終始大節天下公論可考不誣而寥寥數十年
易名之恩未加在於　盛明之朝總覈之政誠爲
闕典況自頃歲
陛下加惠蘇軾　賜謚文忠　德音流行天下傳誦
轍之平生梗槩與軾畧同而官達過之臣愚欲望
聖明依軾近例特與蘇轍賜謚以示褒勸臣謬司拜

禮職所當言況有朱綬張方平建請故事則區區僭越之罪或可望於　裁赦也取　進止三省同奉

聖旨依令禮部太常寺擬定申尚書省續准淳熙三年四月十五日　勅三省同奉

聖旨今後王公及職事三品以上法應得謚并勲德節義聲實彰著不以官品特命謚者並先經有司議定申中書門下省具奏取　旨依舊制更不命詞上

備坐所議給告吏部牒本家照會禮部太常寺今擬定謚曰文定道德博聞曰文安民大慮曰定并承議郎行太常博士章謙撰到謚議一本頭連在前伏乞

朝廷詳酌指揮施行申都省後批禮部太常寺申擬
定蘇轍賜謚五月二十三日送禮吏部照應淳熙三
年四月十五日巳降指揮施行一檢准淳熙三年四
月十五日　勅三省同奉
聖旨今後王公及職事官三品以上法應得謚幷勳
德節義聲實彰著不以官品特命謚者並先經有司
議定申中書門下省具奏取　旨依舊制更不命詞
止備坐所議給告吏部牒本家照會一尋行下太常
寺擬謚去後據太常寺申繳到承議郎行太常博士
章讜撰議曰門下蘇公歿逾六十年矣

天子始從其鄉人大宗伯之請　詔禮部奉常同議
命謚謹按謚法道德博聞曰文安民大慮曰定請以
是易公名惟公挺生西蜀毓秀山川大材最高資禀
實厚而又有父文安先生爲之師有兄文忠公爲之
師友蓋其所學所行皆本原乎家傳而文章事業卓
乎可敬而仰也嗚呼公爲元祐名臣行事在國史聲
名在天下人其誰不知之宜不待歷數以合文定之
謚者請粗陳其畧觀公少年擢兩科與其父兄俱以
文名世而公之文汪洋澹泊深醇温粹似其爲人文
忠嘗稱之以爲實勝巳其所爲詩騷銘頌書記論譔

與夫代言之作率大過人蓋流傳於人間散落於夷狄者不知其幾而所謂愛重其文則一也嘗傳詩春秋訓釋先儒之未逮又注老子深窮道德之旨而發明佛老之相類其後作古史所論益廣以刪補子長雜亂殘闕之失書成撫之而歎自謂得聖賢處身臨事之微意未復論著歷代大抵以考古今成敗得失爲要不務空言此其道德慱聞之淵源者如是可不謂文乎　本朝至

仁皇世可謂極盛公對制策方切切然以海內窮困生民愁苦爲憂雖賈誼痛哭流涕之書不過也青苗

八使擾民之事其施行甚明公與王介甫陳暘叔辯
爭之尤力及元祐新政公居言路首陳
神宗變法本欲利民爲社稷長久之計而民力顧因
之以凋弊者其原皆起於大臣蔽塞聰明之所爲由
是蔡吕之徒竟皆貶竄然新政既乎事勢一定大臣
乃有微引用熙豐舊臣爲自全計者公手疏千餘言
極論君子小人之不可並處而爭小人必勝非　朝
廷安靜之福蓋是時公之所爭議大者唯黄河西邊
二事次則差顧役法也深知黨臣之撼揺在位者幸
四弊之不去以藉口而已故又爲之論奏願詔大臣

正已平心無生事要功之意因弊脩法爲安民靜國之術民心旣得異議自消至論詩賦經義之兼行未可遽合祭天地之禮所當復三司利權之不可分皆反覆精詳未嘗不以謀國體便人情爲慮也此其安民大慮之深遠者如是可不謂定乎自後世去古旣邈好文之士修辭相高連篇累牘不出風雲月露之狀而體益以靡文則文矣非所謂道德博聞之文也清談之士高論性命視天下利害恝然不屑以動心殆若木偶人者定則定矣非所謂安民大慮之定也而公則異於是信其有功於治道而有德於生民文

定之懿今合以謚公議者又何辭焉謹議一請本部郎中覆謚去後承承議郎行祕書省著作佐郎兼權考功郎官何萬覆謚議曰是非待謚而後定謚於往者重也數十年之後是非既定命謚以寵之謚之美惡以助勸沮謚於來者亦重也夫位足以經世要有其學才足以救時要有其心無其學未發而所到可知已無其心禍福利害皆足以移之傑然異於是蓋寡也思其人可無以示勸哉故門下侍郎蘇公轍闕不作謚邇臣以爲請有 詔禮部太常其同定之重是議也按謚法文之義十有八道德博聞莫如公優

定之義有九安民大慮莫如公稱乃請謚文定上其議考功豈非謂其有經世之學有救時之心於公無愧歟公索深綜微得之於天嚌直茹醇無待乎外上窮邃古下至其時廢興治亂得失成敗之所以然皆貫穿出入如身歷目睹少而對策有愛君之言已乃上書陳治安之說晚年黜不用於是傳詩春秋老子作古史載之空辭平生之所欲爲與老而不得卒其所爲者可以槩見要其歸在於治國平天下遡其學本末可考也初王荆公之以執政領三司條例也公爲其屬不爲屈歷疏其不便謝去元祐初既爲諫官

取前日所爲獎與其人悉奏論之然司馬温公爲相欲盡變顧役法文潞公繼之又欲回河流於東二公清德重望最知公者公亦不以爲便蓋進退得喪好惡怨德一不以晋胸中而視百姓有繇此以重困失職則惄焉若無以安也爲侍從不粗辨一職以塞責而止以爲

天子所使以論思天下事當無不言凡冬温大旱水潦陰雪必建言某政有關失某事當罷行有罪而不誅幾人無功而受賞又有幾賞責已當求言以開廣

上意及在政府日至

上前與宰相爭用人邪正邊議曲直與行事當否退而批語有不如奏對吏辯詰雖休謁出而見所舉或未善必追論之未嘗曰事不出于我非吾咎不顧也勢移事異猶覶覶論治道至讁逐不悔此其心豈擇所趨避委時於危不救者是以九年之間朝廷尊公路闢忠賢相望貴倖歛跡邊陲綏靖百姓休息君子謂公之力居多焉信也自公之貶紹聖以權臣用事崇觀以姦臣執柄皆公昔所累疏數言不足倚以事者使公不去其言用寧有後日之禍公之去天也然公身雖屈道愈高籍雖錮於黨人天下愈推爲正臣

鉅德渡江之後旌録有　詔令鉅公死又六十有五
年矣猶　詔易名以褒之俾爾士大夫遺實餙虛貪
近忘遠知苟榮於一日不顧遺臭於後世者觀公遭
迴困躓顧不若鄉世好以爲身圖者之安然而此等
泯泯就盡餘累汗逮孫子而公休澤顯聞乃垂懿無
窮是則名節苟全爵禄不足驕公議終在邪説不能
勝其亦庶幾知勸也夫文定二名豐約惟允請如博
士議謹議今來本官合出告伏候　指揮七月十三
日三省同奉
聖旨依

欒城集目録

第一卷

詩五十二首

郭綸
初發嘉州
過宜賓見夷中亂山
夜泊牛口
戎州
舟中聽琴
泊南井口期任遵聖

江上早起

江上看山

山胡

白鷳

𥓓原塔

嚴顏碑

竹枝歌

望夫臺

八陣磧

灩澦堆

入峽

巫山廟

巫山廟烏

昭君村

三遊洞

寄題清溪寺

息壤

荆門惠泉

答荆門張都官維見和惠泉

淛陽早發

襄陽古樂府二首　野鷹來　襄陽樂

雙鳧觀

懷澠池寄子瞻兄

辛丑除日寄子瞻

次韻子瞻减降諸縣囚徒事畢登覽

次韻子瞻太白山下早行題崇壽院

次韻子瞻延生觀後山上小堂

次韻子瞻題仙遊潭中興寺

石鼻城

磻溪石

郿塢

樓觀

次韻子瞻秋雪見寄二首

次韻子瞻聞不赴商幕三首

次韻子瞻病中大雪

次韻子瞻記歲莫鄉俗三首 饋歲 守歲 別歲

記歲首鄉俗寄子瞻二首 踏青 蠶市

子瞻寄示岐陽十五碑

第二卷

詩六十九首

畫文殊普賢

聞子瞻重遊南山

子瞻見許驪山澄泥硯

寒食前一日寄子瞻

大人久廢彈琴比借人雷琴以記舊曲十得

三四率爾拜呈

聞子瞻習射

種萊

次韻子瞻題薛周逸老亭

次韻子瞻題長安王氏中隱堂五首

和子瞻鳳翔八觀八首
石鼓　詛楚文　王維吳道子畫　楊惠之塑維摩像　東湖　真興寺閣　李氏園　秦穆公墓
聞子瞻將如終南太平宮谿堂讀書
次韻子瞻麻田青峯寺下院翠麓亭
次韻子瞻宿南山蟠龍寺
賦園中所有十首
和子瞻記夢二首
次韻子瞻題岐山周公廟
次韻子瞻題扶風道中天花寺小亭
次韻子瞻南溪避世堂

和子瞻三遊南山九首　樓觀 傳經臺　五郡 大秦寺
仙遊潭五首

和子瞻調水符

次韻子瞻招隱亭

次韻子瞻凌虛臺

次韻子瞻竹𨈾

次韻子瞻渼陂魚

和子瞻讀道藏

次韻子瞻南溪䜟雪

和子瞻司竹監燒葦園因獵園下

木山引水二首

興州新開古東池

予瞻喜雨亭北隋仁壽宮中怪石

用林姝韻賦雪

送張唐英監閬州稅

送張師道楊壽祺二同年

送家定國同年赴永康掾

送覇州司理翟曼

送道士楊見素南遊

利路提刑亡伯郎中挽詞二首

亡伯毋同安縣君楊氏挽詞

第三卷

詩七十五首

北京送孫曼叔屯田權三司開拆司

和強至太傅小飲

和強君尾亭

中秋夜八絶

次韻王君貺尚書會六同年

王公生日

次韻姚孝孫判官見還岐梁唱和詩集

次韻王臨太傅馬上

次韻王君北都偶成三首

次韻沈立少卿白鹿

送陳安期都官出城馬上

登上水關

寒食贈遊壓沙諸君

明日安厚卿強幾聖復召飲醉次前韻

次韻柳子玉郎中見寄

秀州僧本瑩淨照堂

京師送王頤殿丞

石蒼舒醉墨堂

遊淨因院寄璉禪師

送柳子玉

送蘇公佐修撰知梓州

送任師中通判黃州

南窻

次韻楊褒直講攬鏡

送錢婺州純老

次韻柳子玉見贈

次韻任遵聖見寄

次韻劉貢甫學士畫松石圖歌

送頓起及第還蔡州

初到陳州二首

栁湖感物

栁湖久無水悵然成詠

次韻孫户曹朴栁湖

贈李簡夫司封

次贈李簡夫秋園

題李簡夫葆光亭

次韻李簡夫因病不出

張安道尚書生日

送劉道原學士歸南康

題滑州畫舫齋贈李公擇學士

送王恪郎中知襄州

和張安道讀杜集

送張公安道南都留臺

傅欽之學士濟源草堂

文與可學士墨君堂

故成都尹陸介夫挽詞

次韻郝子玉謫官壽春舟過宛丘見寄二首

次韻子瞻潁州留別二首

陪歐陽少師永叔燕潁州西湖

歐陽公所蓄石屏

次韻子瞻初出潁口見淮山

次韻子瞻壽州城東龍潭

和子瞻渦口遇風

和子瞻濠州七絶

塗山 虞姬墓 彭祖廟 四望亭 逍遥堂 浮山洞 觀魚臺

和子瞻泗州僧伽塔

次韻子瞻發洪澤遇大風却還宿

次韻子瞻記十月十六日所見

第四卷

詩七十四首

次韻子瞻廣陵會三同舍各以其字爲韻

劉貢甫　孫巨源
劉莘老

和子瞻金山

和子瞻焦山

次韻子瞻遊甘露寺

李簡夫挽詞二首

次韻子瞻初到杭州見寄二絶

和椰子玉地爐

和椰子玉紙帳

次韻子贍遊孤山訪惠懃惠思

㝱丘二詠

贈提刑賈司門

同陳述古舍人觀芍藥

次韻子贍見寄

趙少師自南都訪歐陽少師於頴州晋西湖

次韻子贍望湖樓上五絶

又之作詩獻歐陽公

和柳子玉共城新開御河過所居牆下
歐陽太師挽詞三首
賦黃鶴樓贈李公擇
次韻子瞻餘杭法喜寺緑野亭懷吳興太守
孫莘老
和子瞻宿臨安净土寺
和子自瞻净土步至公臣寺
次韻子瞻遊徑山
次韻子瞻自徑山回宿湖上
次韻子瞻題孫莘老墨妙亭

熙寧壬子八月於洛陽妙覺寺考試舉人及還道出嵩少之間至許昌共得大小詩二十六首

洛陽試院樓上新晴五絕

和頓主簿起見贈二首

將出洛城過廣愛寺見三學演師觀楊惠之塑寶山朱瑤畫文殊普賢爲賦一首

登封道中三絕 緱山祠 少林寺 轘轅道 贈頓起

登嵩山十首 石徑 醽心泉 玉女窗 峰頂寺 擣衣石 登封壇 法華岩 啓母石 將軍柏 吳道子畫四眞君

過韓許州石淙莊

過登封閻氏園

許州留别頓主簿

次韻子瞻登望海樓五絶

和子瞻監試舉人

和子瞻煎茶

次韻子瞻對月見憶并簡崔度

和子瞻開湯村運鹽河雨中督役

次韻子瞻雨中督役夜宿水陸寺二首

次韻子瞻將之吳興贈孫莘老

和子瞻畫魚歌

第五卷

詩六十六首

次韻子瞻吳中田婦歎

次韻子瞻遊道場山何山

癸丑二月重到汝陰寄子瞻二首

次韻子瞻二月十日雪

和子瞻題風水洞

次韻子瞻新城道中

次韻子瞻山村五絶

次韻子瞻遊富陽普照寺

次韻子瞻自普照入山獨遊二庵

次韻子瞻與蘇世美同年夜飲

次韻子瞻病中遊虎跑泉僧舍二首

和子瞻東陽水樂亭歌

次韻子瞻有美堂夜歸

次韻子瞻祈雨

次韻子瞻再遊徑山

王仲儀尚書挽詞

次韻范景仁侍郎移竹

寄題蒲傳正學士閬中藏書閣

自陳適齋戲題

送董揚休比部知真州

送排保甲陳祐甫

送韓祗嚴戶曹得替省親成都

和孔教授武仲濟南四詠

環波亭　北渚亭

鵲山亭　檻泉亭

踏藕

和李誠之待制燕別西湖

送李誠之知瀛州

西湖二詠 觀捕魚 食鷄頭
次韻孫推官朴見寄二首
送張正彥法曹
送青州簽判俞退翁致仕還湖州
和青州教授頓起九日見寄
題徐正權秀才城西溪亭
和子瞻喜虎兒生
次韻子瞻病中贈提刑段繹
次韻子瞻賦雪二首
次韻韓宗弼太祝送遊太山

次韻劉敏殿丞送春

次韻趙至節推首夏

次韻李昭叙供備燕别湖亭

送李昭叙移黎陽都監歸洛省親

遊太山四首　初入南山四禪寺　靈岩寺　嶽下

送王璋長官赴真定孫和甫辟書

寄孫朴

和韓宗厲暴雨

舜泉復發

次韻徐正權謝示閔子廟記及惠紙

張文裕侍郎挽詞
東方書生行
送韓宗弼
送劉長清敏
汝尚將歸吳興齊州記室蘇子由辱詩爲送
因逐韻謝之云
第六卷
詩一百首
題張安道樂全堂
和鮮于子駿益昌官舍八詠
桐軒 竹軒
擁翠 賦軒

山齋　閑燕亭
會景亭　寳峯亭

次韻分司南京李誠之待制求酒二首

送施歷城　歸常州

施君既去復以事戲贈

和文與丁洋州園亭三十詠

湖橋　橫湖　書軒　冰池
竹塢　荻浦　蓼嶼　望雲樓

天漢臺　待月臺　二樂榭　灙泉亭
吏隱亭　霜筠亭　無言亭　露香亭

涵虛亭　溪光亭　過溪亭　披錦亭
禊亭　菡萏軒　荼蘼洞　篔簹谷

寒蘆港　野人廬　此君庵
金橙逕　南園　北園

次韻吳興李行中秀才見寄并求醉眠亭詩

二首

和子瞻玉盤盂二首

寄題密州新作快哉亭二首

贈馬正卿秀才

答文與可十首

次韻李公擇寄子瞻

次韻李公擇以惠泉答章子厚新茶二首

和李公擇赴歷下道中雜詠十二首

泛清河

將至桃園阻淺且風不得進

桃園阻淺將易小舟一夜水大至復乘便

風頃刻百里

下邳黄石公廟

宿遷項羽廟

吕梁

梁山泊

梁山泊見荷花憶吴興五絶

次韻李公擇九日見約以疾不赴

喜雪呈李公擇

次韻范郎中仰之詠雪

次韻李公朝著作見贈二首

惠穆呂公挽詞二首

次韻蔣薆寒夜見過

次韻王輦廷評招飲

雪中會孫洙舍人飲王氏西堂戲成三絶

雪中呈范景仁侍郎

次韻景仁丙辰除夜

次韻景仁招宋温之職方小飲

次韻景仁飲宋温之南軒二首

次韻景仁正月十二日訪吳縝寺丞二絶

椰子王郎中挽詞二首
贈浄因臻長老
次前韻答景仁
遊城西集慶園
遊景仁東園

第七卷

詩五十六首
次韻子瞻送范景仁遊嵩洛
送蔣夔赴代州教授
次韻宿州教授劉涇見贈

徐州送江少卿

次韻子瞻寄眉守黎希聲

和李邦直學士沂山祈雨有應

陪子瞻遊百步洪

李邦直見邀終日對卧南城亭上二首

次韻邦直見荅二首

再次前韻四首

雨中陪子瞻同顔復長官送梁燾學士舟行

歸汶上

同子瞻泛汴泗得魚酒二詠

明日復賦
贈吳子野道人
李邦直出巡青州余不久將赴南都比歸不
及見矣作詩贈別
司馬君實端明獨樂園
送顏復赴闕
王詵都尉寶繪堂詞
逍遥堂會宿二首
過張天驥山人郊居
魏佛貍歌

雜興二首
贈致仕王景純寺丞
初發彭城有感寄子瞻
次韻子瞻見寄
將至南京寄王鞏
次韻王鞏見贈
送交代劉莘老
次韻王鞏九日同送劉莘老
次韻王鞏欲往徐州見子瞻以事不成行
宣徽使張安道生日

章氏郡君挽詞
聞王鞏還京會客劇飲戲贈
次韻王鞏遊北禪
次韻王鞏懷劉莘老
飲餞王鞏
送王鞏熙簡都尉王詵
呂希道少卿松局圖
寄孔仲武
孔君亮郎中新葺闕里西園棄官而歸
寄濟南守李公擇

雪中會飲李倅釣東軒三絶
張恕寺丞益齋
除夜會飲南湖懷王肇
次韻張恕戲王肇
送韓運判官李公恕還朝

第八卷

詩六十八首

寄范文景上
次韻王肇上元見寄三首
謝張安道惠馬

次韻子瞻贈梁交左藏

寒食遊南湖二首

觀大閱

送林子中安厚卿二學士奉使高麗二首

送趙屼秘書還錢塘

馬上見賣芍藥戲贈張厚之二絶

答見和

送呂希道少卿知滁州

次韻張恕春莫

次韻傳宏推官義方亭

次梁交之徐州

次韻王鞏見寄

次韻李逵見贈

次韻秦觀秀才携李公擇書相訪

送龔鼎臣諫議移守青州二首

送余京同年兄通判嵐州

次韻王鞏見寄

河上莫歸過南湖二絶

送提刑孫頎少卿移湖北轉運

次韻劉涇見寄

城南訪張恕
同李倅鈞訪趙嗣恭晋飲南園晚衙先歸
次韻轉運使鮮于侁新堂夜月
送梁交供備知莫州
秋祀高禖二絶
過興教贈劉上人
次韻王鞏代書
次韻南湖清飲二首
次韻偶成
中秋見月寄子瞻

次韻王鞏自詠

次韻王鞏同飲王廷老度支家戲詠

送王鞏之徐州

次韻張恕九日寄子瞻

戲次前韻寄王鞏二首

贈杭僧道潛

張安道生日二首

李鈞壽花堂

次韻子瞻題張公詩卷後

次韻廣州陳繹諫議和陳薦宋敏求二圖龍

二首

次韻王廷老寄子瞻

次韻頓起考試徐沂舉人見寄二首

送李鈞郎中

送文與可知湖州

次韻王鞏見寄

嘉雪呈鮮于子駿三首

次韻文務光秀才遊南湖

子瞻惠雙刀

留守與賓客會開元龍興寺觀燈余有故不

潁中夜登南城

第九卷

詩七十首

春日耕者
自柘城還府馬上
次韻子瞻人日獵城西
送鮮于子駿還朝兼簡范景仁
次韻秦觀見寄
次韻道潛見寄
次韻王華元日

送將官歐育之徐州
次韻答王鞏
次韻子瞻過淮見寄兼簡孫奕職方三首
次韻王鞏留别
次韻答孔武仲
送傅宏著作歸覲待觀城闕
連雨不出寄張恕
和子瞻自徐移湖將過宋都途中見寄五首
次韻劉貢父登黄樓懷子瞻
再和

陪杜充張恕鴻慶宮避暑

宋城宰韓秉文惠惠鑄茶

次前韻

答孔武仲

送吳思道道人歸吳興二絶

次韻答陳之方秘丞

登南城有感示文務光王適秀才

張公生日

次韻答張耒

次王適韻送張耒赴壽安尉二首

次韻張耒見寄

次韻王適兄弟送文務光還陳

次韻張朔諫議燕集

臘雪五首

次韻王適雪晴復雪二首

送呂由庚推官得替還洛中二首

四十一歲歲莫日歌

次韻子瞻繫御史獄賦獄中榆槐竹栢四首

次韻子瞻贈張憨子

過龜山

放閘二首
次韻王適細魚
高郵別秦觀三首
召伯埭上斗野亭
次韻鮮于子駿遊九曲池
揚州五詠　九曲池　平山堂　蜀井　摘星亭　僧伽塔
題杜介供奉熙熙堂
遊金山寄揚州鮮于子駿從事邵光
初至金陵

第十卷

詩九十六首
和孔武仲金陵九詠 白鷺亭 鳳凰臺 覽輝亭 天慶觀 高齋 定林院 拙君亭 八功德泉 見江亭
遊鍾山
郭祥正國博醉吟庵
湖陰曲
舟次大雲倉回寄孔武仲
池州蕭丞相樓二首
過九華山
佛池口遇風雨

舟次磁湖以風浪晋二首不得進子瞻以詩見寄作二篇答之前篇自賦後篇次韻

黄州陪子瞻遊武昌西山

將還江州子瞻相送至劉郎洑王生家飲别

赤壁懷古

自黄州還江州

江州五詠 射蛟浦 琵琶亭 庾樓 東湖 浪井

不到東西二林

遊廬山山陽七詠 簡寂觀 漱玉亭 開先瀑布 歸宗寺

萬杉寺 三峽石橋 白鶴觀

南康阻風遊東寺
寄題陳憲郎中竹軒
次韻孔武仲到官後見寄
次韻鈞守毛維瞻司封觀修廨三首
次韻子瞻夜字韻作中秋對月二篇一以贈王郎二以寄子瞻
次韻王適食茅粟
過毛國鎮夜飲
次韻毛國鎮趙景仁唱和三首一贈毛一贈趙一自詠

再和三首
次韻王適州學新修水閣
次韻毛君九日
次韻毛君感事書懷
次韻毛君見督和詩
次韻毛君山房遣興
和胡教授蒙太守策試諸生
和毛君州宅八詠　鳳凰山　被仙亭　方沼亭　翠樾亭　李八百洞　東州井　磨劍池　山房
次韻毛君病中菊未開

雨中宿酒務
次韻毛君經句不用鞭扑
次韻李撫辰屯田修州門
飲酒過量肺疾復作
衢州趙閱道少師濯纓亭
茶花二首
次韻毛君山房即事十首
再和十首
鈞州二詠　牛尾貍　黄雀
第十一卷

詩八十六首
和毛君新葺園庵船齋
寒雨
積雨二首
戲贈李朝散
戲答
臨江蕭氏家寶堂
和蕭刑察推賀族叔司理登科還鄉四首
次韻吳厚秀才見贈三首
次韻毛君燒松花六絕

陪毛君遊黄仙觀
次韻王適梅花
次韻王適春雪二首
毛君惠温柑荔枝二絶
次韻王適遊真如寺
次韻王適新燕
官居即事
陪毛君夜遊北園
山橙花口號
次韻馮弋同年

送王適徐州赴舉

遊吳氏園

江州周寺丞泳夷亭

次韻毛君遊陳氏園

江漲

和子瞻鐵拄杖

競渡

登郡譙偶見姜應明司馬醉歸

送姜司馬

寄題趙屼承事戲綵堂

次韻温守李釣見寄兼簡毛夫人
次韻洞山克文長老
試院唱酬十一首
戲呈試官呂防
次韻呂君豐城宝氣亭
次韻呂君興善寺静軒
次前韻戲呈試官
次韻呂君見贈
觀試進士呈試官
次前韻三首
罷後偶作
放牓後毛守見招
送毛傍齋郎
燕貢士
次韻毛君請居探菊
次韻毛君見贈

次韻毛君偶成

孔平仲著作江州官舍小庵

送鐃州周沃秀才免解

雪中洞山黃檗二禪師相訪

毛國鎮生日二絶

次韻毛君將歸

送楊騰山人

次韻子瞻與安節夜坐三首

次韻毛君上書求歸未報

次韻毛君絶句

次韻毛君晋別

送毛君致仕還鄉

贈景福順長老二首并敘

次贈孔平仲著作見寄四首

陰晴不定簡唐覲秘校并敎吳二君五首

第十二卷

詩八十九首

雨後遊大愚

送高安羅令審禮

送唐覲

次韻唐覲送姜應明謁新昌杜簿

新種芭蕉

次韻姜應明黄檗山中見寄

次韻黄大臨秀才見寄

次韻李朝散遊洞山二首

簡學中諸生

以簝酒送柳真公

次韻柳見答

披仙亭晚飲

余居高安三年每晨入莫出輙過聖壽訪聰

長老謁方子明浴頭笑語移刻而歸歲月既久作一詩記之

次韻子瞻感舊見寄

次韻和人豐歲

同孔常父作張夫人詩

次煙字韻答黄迓堅

東軒長老二絶

題方子明道人東窻

次前韻

迎寄王適

王度支陶挽詞二首
次韻陳師仲主簿見寄
寄題江涣長老南園茅齋
詠霜二首
次韻吳厚秀才見寄
乾荔枝
次韻王適元日幷示曹焕二首
寄梅仙觀楊智遠道士
春雪
贈石臺問長老二絶并叙

和毛國鎮白雲莊五詠　掬泉軒　平溪堂　眺遠臺　濯纓庵

白雲莊偶題

次韻王適落日江上二首

張秀才見寫陋容

同王適曹煥遊清居院步還所居

次韻王適春雨

和子瞻蜜酒歌

次韻講律李司理憲見贈

次韻王適遊陳氏園

答孔平仲二偶

次韻梆真公閑居春日
次韻王適東軒即事三首
送李憲司理還新喻
問黄蘗長老疾
復次煙字韻答黄大臨庭堅見寄二首
次韻子瞻臨皋新葺南堂五絶
次韻王適大水
贈三爲能師二絶
臨川陳憲大夫挽詞二首
次韻知郡賈蕃大夫思歸

久不作詩呈王適

喜王鞏承事北歸

予初到筠即於酒務庭中種竹四叢杉二本

及今三年二物皆茂秋八月洗竹培杉偶

賦短篇呈同官

和王鞏見寄三首

復次韻

孔毅父封君挽詞二首

上高息軒起亭二絶

九月十一日事書

和王適寒夜讀書

和王適新葺小室

病中賈大夫相訪因遊中宮僧舍二首

和王適炙背讀書

同王適賦雪

第十三卷

詩八十六首

除夜

種蘭

上元夜

次韻王適元夜二首

王子立與遲等遊陳家園橋敗幾不成行晚

自酒務徃見之明日兩作偶尔成詠

幽蘭花二絶

胡長史祠堂

孫賓叟道人

新橋

曾子宣郡太挽詞二首

曾子固舍人挽詞

次韻王適一百五日太平寺看花二絶

又次韻遊小雲居
次韻秦觀梅花
復次前韻答潛師
景福順老夜坐道古人搐鼻語
畫枕屏
次韻王適畱別
次韻子瞻特來高安相別先寄遲适遠却寄
邁迨過遜
次韻子瞻端午日與遲适遠三子出遊
次韻子瞻畱別三首

次韻子瞻行至奉新見寄

贈醫僧鑒淸二絕

贈醫僧善正

食菱

晉滯髙安四年有餘忽得信聞當除官眞揚間偶成小詩書于屋壁

洪休上人少年讀書以多病出家居泐潭爲馬祖修塔以三絕句來謁答一首

勉子瞻失幹子二首

偶遊大愚見餘杭明雅照師舊識子瞻能言

西湖舊遊將行賦詩送之

將移績溪令

約洞山文老夜話

將之績溪夢中賦泊舟野步

謝洞山石臺遠來訪别

贈方子明道人

回寄聖壽聰老

乘小舟出筠江二首

寄題孔氏顔樂亭

徐孺亭

滕王閣

次韻道潛南康見寄

車浮 并叙

題都昌清隱禪院

逢章户掾赴澧州

除夜泊彭蠡湖遇大風雪

正旦夜夢李士寧過我談説神怪乆之草草

爲具仍以一小詩贈之

舟中風雪五絶

題南康大安宅五老亭

書廬山劉顗宮苑屋壁三絶
再遊廬山三首
汲陽阻風
張嘉祐
效蕭蘇州調嘯詞二首
至池州贈陳冉秀才
次韻遷初入宣河
次韻候宣州利建招致政汪大夫
次韻侯宣城疊嶂樓雙溪閣長篇
初到績溪視事三日出城南謁二祠遊石照

偶成四小詩呈諸同官　梓桐廟　汪王廟
石照二首
縣中諸花多交代江君所栽牡丹已過芍藥
方盛偶寄小詩
楊主簿日本扇
次韻答人幽蘭
次韻江法曹山間小酌
官舍小池有鸂鶒遺二小雛二首
次韻答人見寄
次韻答人檻竹

第十四卷

詩八十五首

次韻王薦推官見寄
郭尉愿惇夫以琳上人書詩爲示次韻
次韻汪璪監簿見贈
周昉畫美人歌
病中郭尉見訪
病後
復病三首
送琳老還大明山

病退

病後白髮

答琳長老寄幽蘭白朮黃精三本二絶

次韻侯宣城題疊嶂樓

初聞得校書郎示同官三絶

續溪二詠 谿然亭 翠眉亭

辭靈惠廟歸過新興院書其屋壁

郭尉惠古鏡

歙縣歲寒堂

邵武游氏老人三清堂紫芝

神宗皇帝挽詞三首

舟過嚴陵灘將謁祠登臺舟人夜解及明已遠至桐廬望桐君山寺縹緲可愛遂以小舟遊之作二絶

泝潮二首

贈王傁處士

張愓山人即昔所謂惠思師也余舊識之於京師忽來相訪茫然不復省徐自言其故戲作二小詩贈之

次韻子瞻送楊傑主客奉詔同高麗僧遊錢

塘寄龍井辯才法師三絶

元絳參政挽詞

過王介同年墓

將遊金山寄元長老

元老見訪留坐具而去戲作一絶調之

元老和示小詩自謂非戰之罪復作一絶并坐具還之

子瞻與長老擇師相遇於竹西石塔之間屢以絶句贈之又畱書邀轍同作遂以一絶繼之

高郵贈別杜介供奉

答王定國問疾

和子瞻次孫覺諫議韻題邵伯閘上斗野亭見寄

次韻子瞻題泗州監倉東軒二首

答顏復國博

次韻王定民宣德

河冰

復賦河冰四絶

河冰稍解喜呈王適

河氷復結復次前韻

題南都留守妙峯亭

次韻發運路昌衡淮南見山堂

送戴朝議歸蜀中

後省初成直宿呈子瞻二首

次韻子瞻送陳睦龍圖出守潭州

送千之姪西歸

篤幸親賢宅贈隨駕諸公

次韻子瞻飲道者院池上

答孔平仲惠蕉布二絶

次韻朱光庭司諫喜雨
次韻光庭省中書事
送張恕朝奉南京簽判二首
送賈訥朝奉通判眉州
次韻黄庭堅學士往毛筆
李誠之待制挽詞二首
司馬温公挽詞四首
送表弟程之元知楚州
送王震給事知蔡州
送王廷老朝散知虢州

送曾有開中大知洺州次子瞻韻

第十五卷

詩八十五首

送陳侗同年知陜府

次韻李曼朝散得郡西歸晋別二首

送程建用宣德西歸

次韻子瞻杜介供奉送魚

次韻子瞻招王遽朝請晚飲

子瞻與李公麟宣德共畫翠石古木老僧謂之憇寂圖題其後

王君貺宣徽挽詞三首

送杜介歸楊州

次韻子瞻與鄧聖求承旨同直翰苑懷武昌西山舊遊

送楊孟容朝奉西歸

次韻孔武仲學士見贈

送家定國朝奉西歸

次韻劉貢父省上示同會二首

次韻孔武仲三舍人省上

送顧子敦奉使河朔

席上再送

次韻孔文仲舍人酴醿

送錢承制赴廣東都監

次韻曾子開舍人四月一二日扈從二首

再和二首

次韻張昌言給事省中直宿

次韻貢父子開直宿

去年冬輒以起居郎入侍邇英講不逾時遷中書舍人雖忝冒愈深而瞻望清光與日俱遠追記當時所見作四絶句呈同省諸

公

次韻張問給事喜雨

次韻宋構朝請歸守彭城

次韻劉貢父西掖種竹

次韻劉貢父省中獨直

得告家居次韻貢父見寄

黄幾道郎中同年挽詞二首

和王定國寄劉貢父

故濮陽太守贈光禄大夫王君正路挽詞二首

韓幹三馬
書郭熙橫卷
題王生畫三蠶蜻蜓二首
贈寫眞李道士
次韻子瞻題郭熙平遠二絶
次韻錢勰待制秋懷
宿滎陽甯氏園
滎陽唐高祖太宗石刻像并敍
次韻劉貢父從駕
次韻劉貢父和韓康公憶其弟持國二首

聞京東有道人號賀郎中者唐人也其徒有
識之者作詩記之
送家安國赴成都教授三絕
送歐陽辯
送韓康公歸許州
三日上辛祈穀除日宿齋戶部右曹元日賦
三絕句寄呈子瞻兄
次韻王欽臣祕監集英殿井
集賢殿考試罷二首
問蔡肇求李公麟畫觀音德雲

五月一日同子瞻轉對
次韻劉貢父題文潞公草書
韓康公挽詩三首
送王宗望郎中赴河東漕
送高士敦赴成都兵鈐
秦號夫人走馬圖二絶
盧鴻草堂圖
韓幹二馬
試制舉人呈同舍諸公二首
次韻張夫華院中感懷

送周思道朝議歸守澧州三絶

第十六卷

詩一百二十首

程之元表弟奉使江西次前年送赴楚州韻

戲別

表弟程之邵奉議知泗州

次韻子瞻書黄庭内景卷後贈蹇道士拱辰

次韻子瞻好赤頭

送褋光蹇師遊廬山

同子瞻次梅聖俞舊韻題鄉舍木山

次韻子瞻送千乘千能
題王詵都尉畫山水横卷三首
次韻子瞻十一月旦日鎖院賜酒及燭
送周正孺自考功郎中歸守梓潼兼簡吕元
鈞三絶
雪中訪王定國感舊
次韻王定國見贈
王子難龍圖挽詞
次韻李豸秀才來别子瞻仍謝惠馬
吕司空挽詞三首

范蜀公挽詞三首
范百嘉百歲昆仲挽詞二首
安厚卿樞密母夫人詞挽二首
題李公麟山莊圖二十六首
建德館　墨禪堂　華岩堂　雲𦌔閣
癸真塢　薌茅館　瓔珞岩　棲雲室
秘全庵　延華洞　澄元谷　雨花岩
泠泠谷　玉龍峽　覲音岩　番雲沜
勝金岩　宝華岩
陳彭涤　鵲源
將使契丹九日對酒懷子瞻兄弁示坐中
題王詵都尉設色山卷後
次韻子瞻相送使胡

歐陽文忠夫人挽詞二首
歐陽伯和仲純挽詞二首
奉使契丹二十八首
次莫州通判劉涇韻二首
贈知雄州王崇極二首
贈右番趙侍郎　古北口道中呈同事二首
絶句二首　過楊無敵廟　燕山
趙君偶以徽恙乘驛車而行戲贈二絶句
会仙館二絶句　出山　奚君　惠州
神水館寄子瞻兄四絶　木葉山　虜帳
十日南帰馬上口占呈同事　傷足
春桑寄內
渡日乾
送文太師致仕還洛三首
李公麟陽關圖二絶

學士院端午帖子二十七首皇帝閤六首　太皇太后閤六首
皇太后閤六首　皇太妃閤五首
夫人閤四首
次韻門下劉侍郎直宿寄蘇左丞
次韻張耒學士病中二首
次韻張君病起二首
第十七卷
賦八首
巫山賦
屈原廟賦
釭硯賦并敘

祭眞興寺樓賦
超然臺賦　井叙
服茯苓賦　幷叙
墨竹賦
黃樓賦　幷叙
第十八首
辭五首
御風辭
上淸辭
楊樂道龍圖哀辭　幷叙

劉凝之屯田哀辭　幷叙
鮮于子駿諫議哀辭　幷叙
詩二首
太白山祈雨詩
舜泉詩　幷叙
銘二首
彭城漢祖廟試劒石銘　幷叙
鳳味石硯銘　幷叙
頌二首
錡州聰禪師得法頌　幷序

等軒頌
第十九卷
新論三首　上中下
第二十卷
策問三十五首
殿試武舉策問一首
南省進士策問一首
河南府進士策問三首
私試進士策問二十八首
私試武學策問二首

第一十一卷
書一首
上皇帝書
第二十二卷
書十首
上樞密韓大尉書
上昭文富丞相書
上曾叅政書
上兩制諸公書
上劉長安書

徐洲答陳師仲書二首
答黄庭堅書
答徐州教授李昭玘書
上洪州孔大夫論徐常侍墳書

第二十三卷
記九首
鈞州聖祖殿記
齊州閔子祠堂記
卜髙縣學記
京西北路轉運使題名記

齊州濼源石橋記
光州開元寺重修大殿記
筠州聖壽院法堂記
廬山棲賢寺新修僧堂記
杭州龍井院訥齋記

欒城集目錄下

第二十四卷
記九首
東軒記　武昌九曲亭記
王氏清虚堂記　吳氏浩然堂記
黄州快哉亭記　黄州師中庵記
南康直節堂記　洛陽李氏園池詩記
太子少保趙公詩石記
第二十五卷
墓表銘四首

伯父墓表

歐陽文忠公夫人薛氏墓誌銘

全禪師塔銘　閑禪師碑

傳二首

孟德傳　丐者趙生傳

叙三首

類篇叙

古今家誡叙

洞山文長老語録叙

第二十六卷

祭文一十七首

祭歐陽少師文

祭文與可學士文

祭永嘉郡夫人馬氏文

祭正虢州伯敭文

祭鄧內翰母郡太君文

祭曹演父朝議文

祭范蜀公景仁文

祭忠獻韓公文

祭姪林文

代李公儀諫議祭張文裕侍郎文
代張公安道祭李宥侍郎文
代南京晋守祭永嘉郡夫人馬氏文
代張公祭蔡子正資政文
代毛鈞州祭土觀文韶文二首
代三省祭司馬丞相文
代三省祭門下韓侍郎曾孫文
祝文一十六首
陳州食日禱諸廟文
陳述古舍人辭廟文二首

齊州祁雨雪文二首
徐州漢高帝廟祈晴文
南京祈禱文七首
績溪謁城隍文
謁孔子廟文
祭靈惠汪公文
青辭三首
齊州祈雨青辭
南京祈晴青辭
筠州祈雨青辭

第二十七卷

西掖告詞六十一首

林希集賢殿修撰知蘇州

楊傑知潤州

陳安期屯田郎中

蔡立知鄂州

盛南仲知衡州

許中正致仕覃恩改朝議大夫

虞肇智鼎州

胡田知誠州邢浩知欽州

王存磨勘改朝散郎

梁惟簡供備庫使

張璪光祿大夫資政殿學士知鄭州

趙君錫大常少卿

劉絢太學博士

鄧義叔主客郎中

林旦侍御史權淮南運副

田待問淮南運判可淮南提刑

陳紘可倉部郎中王古可工部郎中

孫升監察御史可殿中侍御史

李常蔡延慶並轉朝議大夫
徐彥孚澶州通判
章惇知楊州
邢恕知汝州
王令圖可都水使者
王荀龍知澶州李孝純知棣州
郭逵自致仕起知潞州
何正臣知梓州
孫覽河北運副除右司郎官
陶世延弼孫弼死於順州邢選吉子吉死於盜各補三班借

職
皇兄令羽磨勘轉遥圖
張輔之入内内侍省磨勘轉内殿承制
范鎮可侍讀太一宫使
吳師仁可越州司法充杭州教授尹才虢州
司户田述古襄州司法蘇昞邠州司户
叔諄叙右千牛衞將軍
瀆覆磨勘改朝請郎
宋彦圖轉内殿崇班再知歸信容城縣臧定
國轉西頭供奉官再任縣尉

張利一自真定總管移知代州
莊公岳成都提刑蘇泌利州運判
內臣馬景降一官
胡宗哲遂州張太寧漢州
李梴知唐州
崔仝通判延州
王純臣通判岷州
姚兕磨勘轉東上閤門使
丁隲太常博士
常安民大理寺丞

田子諒湖南運判

鄭佶都水監丞陳安民簿

葉康弼知劍州

謝卿材河北轉運使自陝漕徙

蔡卞磨勘朝奉郎

丁恂少府主簿

張構再知豐州

吕太防中書侍郎中

劉摯右丞

傅堯俞御史中丞

張端答致仕依前朝奉郎

孟永和轉軍器庫副使兼翰林醫官副使

蔡卞知江寧府

王安禮知揚州

林希知宣州

王舜圭除左班殿直

第二十八卷

西掖告詞六十一

鄭澶通判永寧軍

叔攷等三十二人並除右班殿直

王宗孟母封壽昌縣太君

胡宗愈吏部侍郎

顧臨給事中

范子奇司農卿

馬默河東運使

岑象求利州運判何琬江西運判

常安民鴻臚丞

李詵自軍頭司除知忻州

郟亶通判睦州

李琥太醫丞充中嶽廟令

王鞏通判揚州
劉奉世起居郎孔文仲起居舍人
胡宗炎將作少監
祁觀除借職
向宗良知衞州
曾肇中書舍人
郝怒知汝州
李周陝西運使
劉淑蘇州胡宗哲宿州
許彥先知隨州

孫諤太學博士

王佺通判荆南

韓玠通判河南

占城國進奉判官蒲霞辛可保順郎將

劉攽中書舍人

曹誦遥團知保州

王獻可火山軍李昭叙石州

鄒極江西提刑何珧府界提刑

蘖温叟度支郎中

吳華江西運判

杜常兵部郎中

榮咨道通判鎮戎軍

錢式三班借職

翰林醫官陳易簡等六人比舊各減三官牽

復

李括知洋州

張士澄通判定州

彭次雲吏部郎中

章粢吏部馬琬戶部韓宗古司封吳安憲都

官黃景職方郎官

盛僑國子司業

黃庭堅著作佐郎

陳侗直祕閣知梓州

晏知止成都運副秦中梓州運副

游酢太學録

張舜民監察御史

張績祕書省正字

李執柔司農寺丞

陳烈落致仕州教授

龔原國子監丞

仲皰遥刺
吴淵西頭供奉官俞謌左侍禁
袁謊知博州
閻木太學博士葉濤正
宋寶除承務郎
韓忠彥樞密直學士知定州
劉敏知汝州
龐希道復翰林醫學
克勍仲詧並磨勘改正任防禦使
蔡確改知安州

呂公孺知秦州

第二十九卷

西掖告詞六十一首

仲鸞等六人磨勘防禦使

張之諫知德順軍

寇誦覃恩改朝請大夫

郭時亮通判海州

安宗詵知利州

范子奇河北轉運使

吳安持司農少卿崔公度將作少監

王蒞湖南提刑

錢瞍知真州

王漸知階州郭逢知德順軍

蕭世元石州李昭叙忻州李詵隰州

致仕 爲充等以登極恩改承奉郎

燕若濟知東明縣

陳向知楚州

士𩸿磨勘轉右監門衛大將軍

黄好謙知濮州

張脩駕部郎中

王瑜京西提刑

康識權發遣鄜州今落權發遣

楊叔儀少府少監守本官致仕

融州歸明楊晟該等改右班殿直

曾肇磨勘改朝散郎

蕃官折師武卓恩改西頭供奉官

郭知章知海州江公著通判陳州

黃好謙知潁州

霍唐臣知濠州

晁端彥吏部郎何洵直司勳郎顏復禮部郎

辛雍太常博士韓宗文光禄丞孔平仲太僕
丞
元耆寧館閣校勘換校書郎
梁燾轉朝奉大夫
張淳知長垣縣
李清臣資政殿學士知河陽
張整皇城使廣西鈐轄加遥刺再任以交人
理曾地界之故
醫官亢瑞叙擢易使
交趾使黎鍾吏外副社英輩東頭供奉官

鄧忠臣秘書省正字

成卓降兩官監鈞州酒稅

仲浹轉正任防禦使

曹評正任防禦使

熊本降授朝散大夫

張綬湖南提刑

劉當時太僕簿

張宗古尚書省都事出職改朝奉大夫

陳遊古知沂州

周純知虢州朱陽縣

宋子儀大理寺丞

秦晉國安仁保祐夫人張氏特封吳楚國安

仁賢壽夫人

彭汝礪右史

王陟臣右司郎中

王古吏部員外郎

張詢浙憲

陝西移四通判

蔡潛除司農簿

令踈除右千牛衛將軍

張元方權發遣府界提點
周邠通判壽春
魏璋叙奉議郎熙河機宜
常安民太常博士
豐稷工部員外郎
沈季長少府少監
林英大理少卿
第三十卷
西掖告詞五十九首
姚勔宗正丞

林希湖州周之純宣州沈季長秀州
李傑梓州提刑陳鵬運判
呂陶京西運副上官均北部員外郎
史宗範知涇州
黄慶基鴻臚丞
張𡵨户部員外郎錢長卿刑部員外郎
大名府驍武第　指揮都虞候楊政等士人
可並左右侍禁
韓維守本官資政殿學士知鄧州
李士京將作丞余中軍器丞

劉務誠三班奉職

王衮知兖州

馮宗道遥郡刺史

胡田知誠州改爲軍除爲知軍

陳安石知襄州

孫懐用知寧化軍郝逢知岢嵐軍

王愈光禄丞

姚勔秘書丞

蒲宗閔知興元府史宗範知廬州

林顔權知泉州

孔平仲太常博士

西蕃首領溫溪心心年欽氈二人並除化外

州團練

鄭佾知單州

孫之敏知雍丘楊瓌寶知咸平

許懋右司郎中

陳軒主客郎中

豐稷殿中侍御史

陳知晦蔡州簽判

向宗旦司農少卿

侯利建京東漕井亮采河東漕
馬城湖北憲
林積知福州
朱服權發遣泉州
林顏知濠州
令毣以率府率講書授通直郎
張宲古知登州
高遵易攺知全州
何琬工部郎中
崔公度知潁州

黃衜知賓州錢師孟知橫州

石景畧可宣德郎

范純禮發運副使

張汝賢右司郎中

韓宗道太府卿朱光庭太常少卿

李之純寶文閣直學士知成都府

廖正一秘書省正字

劉舜卿加遥郡團練馬軍都虞候

游師雄改奉議郎陝西運判賜緋

廖正古通判滄州

麗元英鴻臚少卿
張琬知秀州
曾孝序通判莫州
劉言可內殿崇班
張峋戶部員外郎改戶部郎中
韓緒等六人各轉一官
黃官党令征攬哥趙令景覃恩改官
顧臨再授給事中
孔文仲中書舍人
張頡待制河北都運

第三十一卷

西掖告詞五十一首

太皇太后三代

皇太后三代

皇伯世儔追封奉化郡公

越國賢惠長公主追封大長公主

世繁贈安武軍留後追封信都郡公

唐俛贈梓州録参

克賢贈奉國軍兩使留後封奉化郡公

士觀贈左領軍衛將軍

安燾三代妻

李清臣三代妻

范純仁三代

中丞劉摯父

第三十二卷

西掖告詞四十九

苗貴妃三代

文臣升朝封父母妻

文臣升朝追封父母妻

范鎮父

鮮于侁父

陳曼父誾以赦封承務郎

錢勰父母

李璩三代

王堅父

曾布父

蔡確父母

秦晉國安仁保佑夫人張氏祖祖母父母

世采母李氏安康郡太君世智母何氏永昌

郡太君

李端愿父母

張方平祖弁父

富紹庭母

蔡滕父挺贈開府儀同三司

劉宗母

奉議郎任斯年祖母黃氏封永壽君

張琥父昪追封韓公

安燾知樞密院贈三代

王汝舟祖母胡氏封嘉興縣太君

皇兄令擢等所生母贈縣太君

富弼贈太師
劉沆追封秦國公
盧政贈司空
王存妻胡氏齊安郡夫人
楊王第三女封安定郡主
第三十三卷
北門書詔五十四首
麻制一十三首
除苗授保康軍節度知潞州制
除劉昌祚武康軍節度殿前副都指揮使制

明堂呂大防加恩制

皇伯祖宗暉加恩制

皇叔祖宗祐加恩制

皇叔祖宗楚加恩制

皇弟徽宗加恩制

皇弟似加恩制

皇弟偲加恩制

馮京加恩制

劉昌祚加恩制

除文彦博太師河東節度使致仕制

除馮京彰德軍節度使制
詔敕四十一首
尚書左丞韓忠彥免弟嘉彥尚主不許不允詔二首
門下侍郎孫固乞致仕不允仍給寬假詔
韓忠彥乞外任不許不允詔二首
孫固乞致仕不允詔
趙君錫免刑部侍郎不允詔
呂公孺免戶部尚書不允詔
太皇太后明堂禮成罷賀賜門下手詔

太師文彦博乞致仕不許不允詔二首

文彦博致仕再免兩鎮不許不允詔二首

文彦博三免兩鎮不許不免詔二首

文彦博免兩鎮許允詔二首

河東官吏軍民示諭勑書

孫固乞致仕不允詔

韓忠彦免同知樞密院不允詔

蘇頌免尚書左丞不許不允詔二首

蘇頌再免左丞不許不允詔二首

知樞密院孫固乞避親不允詔

周尹進興節龍無量壽佛敕書

范百禄免侍讀不允詔

趙君錫免吏部侍郎不允詔

文彦博免孫男康世章服不允詔

孫固乞致仕不允詔

宰相吕防等爲旱乞退不允詔

太皇太后以旱賜門下詔

皇帝以旱賜門下詔

鄧温伯免翰林承旨不許不允詔二首

吕大防等再爲旱乞退不允詔

彰德軍官吏軍民示喻敕書

馮京免彰德軍節鉞不許不允詔二首

文彦博免致仕合得五人恩澤詔

范百禄免翰學士不允詔

第三十四卷

北門書詔祈祝九十首

批答四十四首

門下侍郎孫固乞致仕不許不允批答二首

劉昌祚免殿前副都指揮使不許不允批答二首

文彦博乞致仕不許不允批答二首

吕大防免明堂恩命不許不允批答四首

皇伯祖宗暉免恩命不許不允批答四首

皇叔祖宗祐宗楚免恩命不許不允批答四首

皇弟佶似偲免恩命不許不允批答四首

劉昌祚免恩命不許不允批答四首

中書侍郎劉摯免恩命不許不允批答二首

尚書右丞許將免恩命不許不允批答二首

文彦博致仕免兩鎮不許不允批答二首

韓忠彦免同知樞密院不許不允批答二首

蘇頌免尚書左丞不許不允批答二首

呂大防等乞御正殿復常膳不許不允批答二首

第二表不許不允批答二首

第三表不許不允批答二首

第四表許允批答二首

書九首

皇帝明堂宿齋第一次問太皇大后聖體答書

皇太后答書

皇太妃答書

第二次太皇太后書

皇太后答書

皇太妃答書

皇帝謝禮畢太皇太后答書

皇太后答書

皇太妃答書

祝文一十二首

北京南關二股河祭瀆星辰祝文

景靈宮安鐵水窾祝文

後苑祈晴祝文

太廟整溺奏告宣祖皇帝祝文

後苑粉壇祈雨祝文

五岳四瀆祈雨祝文

謝雨祝文

鳳翔府太平宮修殿告遷太宗神御祝文

奏告五星祁雨祝文

天地社稷宗廟謝雨祝文

神廟寺觀謝雨祝文

嶽瀆謝雨祝文

青詞一十二

福寧殿開啓明堂預告道場青詞

羅散青詞

北京南開二股河道場青詞

中太一宮祈晴青詞

明堂禮畢福寧殿道場青詞

羅散青詞

景靈宮預告雅飾聖祖青詞

裝飾聖祖御容青詞

雅飾了畢開啓奉安聖祖真容道場青詞

西嶽謝雨青詞

中太一宫祈雨青詞二首

朱表七首

福寧殿罷散明堂預告道場朱表

北京開二股河罷散日道場朱表

明堂禮畢福寧殿罷散道場朱表

景靈宫奏告雅飾聖祖罷散道場朱表

景靈宫奉安聖祖真宗御容罷散道場朱表

西嶽罷散謝雨道朱表

諸宫觀罷散謝雨道場朱表

表五首

泥飾諸陵神臺奏告表

泥飾永裕陵神臺等奏告表

明堂禮畢内中奏謝諸佛表

露香表

永裕陵添修屋宇奏告表

第三十五卷

論時事狀三首書二表

制署三司條例司論事狀 奏乞外任狀附

陳州爲張安道論時事書

白齊州回論時事書 畫一狀附

第三十六卷

右司諫論時事七首

論臺諫封事留中不行狀

久旱乞放民間積欠狀

論罷免役錢行差役法狀

論蜀茶五害狀

乞更支役錢顧人一年候修完役法狀

乞招河北保甲充軍以消盜賊狀

論差役五事狀
第二十七卷
右司諫論時事一十六首
乞賑救淮南飢民狀
乞廢忻州馬城鹽池狀
再乞放積欠狀
論發運司以糴糴米代諸路上供狀
乞給還京西水櫃所占民田狀
論三省事多留滯狀
言科場事狀

乞招畿縣保甲充軍狀

乞令户部役法所會議狀

乞禁軍日一教狀

乞差官與黄廉同體量蜀茶狀

乞以發運司米救淮南飢民狀

論明堂神位狀

乞借常平錢買上供及諸州軍粮狀

再乞差官同黄廉體量茶法狀

再言役法劄子

第三十八卷

左司諫論時事一十二首

論青苗狀

三論差役事狀

論蘭州等地狀

再論蘭州等地狀

論京畿保甲冬教等事狀

論西邊警備狀

再論青苗狀

乞放市易欠錢狀

言淮南水潦狀

三乞罷青苗狀
申三省請罷青苗狀
請罷右職縣尉狀

第三十九卷

右司諫論時事五首
論户部乞收諸路帳狀
言責降官不當帶觀察團練狀
再論京西水櫃狀
乞復選人選限狀
論諸路役法候齊足施行狀

中書舍人論時事一首
申本省論處置川茶未當狀
戶部侍郎論時事二首 一云中書舍人時上
因旱乞許羣臣面對言事劄子
論西事狀
第四十卷
戶部侍郎論時事六首
論陰雪劄子
轉對狀
請戶部復三司諸案劄子

論開孫村河劄子
再論回河劄子
三論回河劄子
第四十一卷
戶部侍郎論時事三首
乞裁損浮費劄子
論侯僃少欠酒課以抵當子利充填劄子
再論裁損浮費劄子
翰林學士論時事八首
論黄河必非東決劄子

乞罷修河劄子

北使還論北邊事劄子五

一論北朝所見於朝廷不便事

二論北朝政事大畧

三乞罷人從內親從官

四乞隨行差常用大車

五乞立差馬及驗日限

爲旱乞罷五月朔朝會劄子

第四十二卷

御史中丞論時事劄子七首

乞舉御史劄子

乞罷熙河修質孤勝如等寨劄子

乞分別邪正劄子

論執政生事劄子

論言事不當乞明行黜降劄子

再論分別邪正劄子

再論熙河邊事劄子

第四十三卷

御史中丞論時事劄子九首

再論舉臺官劄子

三論熙河邊事劄子

三論分別邪正劄子

四論熈河邊事劄子

論吏額不便二事劄子

乞差官權戸部劄子

三論舉臺官劄子

論堂除太寛劄子

論前後處置夏國乖方劄子

第四十四卷

御史中丞論時事劄子五首

論所言不行劄子

論渠陽蠻事劄子

乞令兩制共論納后禮劄子
再言渠陽邊事劄子
論衙前及諸役人不便劄子

第四十五卷

御史中丞論時事劄子一十二首

乞再舉臺官狀
乞改舉臺官法劄子
論用臺諫劄子
乞罷修河司劄子
再乞責降李偉劄子

三論渠陽邊事劄子
乞定差管軍臣僚劄子
乞裁損待高麗事件劄子
論張頡不可用劄子
奏乞禁止高麗下節出入劄子
催行役法劄子
再催行役法劄子
第四十六卷
御史中丞首時事劄子六首
論邊防軍政斷案宜令三省樞密院同進呈

劄子

論禁宫酒劄子

論冬温無氷劄子

論顧河夫不便劄子

論西邊商量地界劄子

論黄河東流劄子

第四十七卷

中書舍人撰兩府請賀謝表狀一十首

請太皇太后受册表

賀擒鬼章表

謝入伏早出狀二首

謝坤成節鉞狀二首

謝講徹論語賜燕狀二首

賀雪御筵謝狀三首

編神宗御集奏請表狀二首

乞御製集叙狀

進御集表

雜論薦書狀劄子八首

爲兄軾下獄上書

乞牽復英州別駕鄭俠狀

乞擢任劉攽狀

乞推恩故知陳州鮮于侁子孫狀

薦呂陶吳安詩劄子

薦林豫劄子

乞優卹滕元發家劄子

薦王鞏劄子

雜辭免恩命表狀劄子一十六首

辭起居郎狀二首

免修條支賜劄子二首

辭召試中書舍人狀二首

辭戶部侍郎劄子
辭吏部侍郎劄子
辭翰林學士劄子
辭御史中丞劄子
辭尚書右丞劄子四首
免尚書右丞表二首

第四十八卷

雜謝恩命表狀二十一首
謝除中書舍人表二首
謝除戶部侍郎表二首

謝對衣金帶表二首
謝翰林學士宣召狀二首
謝賜對衣金帶鞍馬狀三首
謝敕設狀二首
笏記二首
謝除龍圖閣學士御史中丞表
謝除尚書右丞表二首
生日謝表二首
笏記

第四十九卷

代人上表二十三首

陳州張公安道謝批答表二首
齊州李肅之諫議謝上表
李諫議謝免罪表
南京張公安道免陪祀表
張公謝免陪祀表
張公賀南郊表
南京晋守賀南郊表
南京百官賀南郊表
南京謝頒曆表

張公謝南郊加恩表
李誠之待制遺表
龔鼎臣諫議謝青詞表
陳汝義學士南京謝上表
南京留守謝減降德音表
張𡒊諫議南京謝上表
張公安道乞致仕表三首
張公謝致仕表
欽州賀登極表
滕逵道龍圖蘇州謝上表二首

第五十卷

啓事二十二首

賀歐陽副樞啓

北京謝韓丞相啓二首

賀歐陽少師致仕啓

迎陳述古舍人啓

賀致仕曾太傅啓

賀韓相州啓

謝韓許州啓

賀河陽文侍中啓

謝文公啓
賀張宣徽知青州啓
謝改著作佐郎啓
謝張公安道啓
賀孫樞密啓
謝黃察院啓
賀趙少保啓
賀文太師致仕啓
謝兩發運啓
賀范端明啓

除中書舍人謝執政啓

除尚書右丞諸公免書

謝啓

代人啓事八首

子瞻答周郎中啓

張公安道答吕陶屯田啓

陳述古舍人謝兩府啓

又謝兩制啓

張聖民修撰謝二府啓

齋州李諫議問候文侍中啓

李諫議賀郭宣徽知并州啓

李諫議謝二府啓

欒城集目錄卷第五十　　之　　十八

欒城集卷第一

詩五十三首

郭綸綸本河西弓箭手屢戰有功不賞自黎州都監官滿貧不能歸權加州監稅

郭綸本蕃種騎鬬雄西戎流落初無罪因循遂龍鍾嘉州已經歲見我涕無窮自言將家子少小學彎弓長遇西鄙亂走馬救邊烽手挑丈八矛所往如投空平生事苦戰數與大寇逢昔在定川寨賊來如群蜂萬騎擁酋帥自謂白相公揮兵取其元模糊腥血紅戰勝士氣振趁敵如旋風蚩蚩竄衰將不信勇且忠選語相勸誘一矢摧厥胷短兵接死地日落沙塵蒙

放舟沫江濆往意念荊楚擊鼓鬧兩旗勢如遠征戍

初發嘉州

郭綸未嘗敗用之可前鋒

一夫何足言竊恐悲群雄此非介子推安肯不計功

已矣誰復信言之氣恟恟乎不識郭綸問此爲欽答

崎嶇有成績元帥多異同有功不見賞憔悴落巴賨

一旦賊兵下百計燒且攻三月不能陷救至遂得通

行經賀川城寂寞無人蹤蓁棘蔡不見人撲爲紫蒲

忽聞南蠻叛羽檄行忽忽將兵走危難瘴霧不辭衝

馳歸不敢息馬口銜折鏑誰知八尺軀脫命苟死中

紛紛上船人櫂急不容語余生雖江陽未省至嘉樹
巉巉九頂峯可愛不可仕飛舟過山足佛脚見江滸
舟人盡欽容競欲揖其拇俄頃已不見向午在中渚
移舟近山陰壁峭上無路云有古郭生璞此地苦箋
注區區辨蟲魚爾雅細分縷洗硯去殘墨遍水如黑
霧至今江上魚頂有遺墨處覽物悲古人嗟此空自
苦余今方南行朝夕事鳴櫓至楚不復留上馬千里
去誰能居深山永與禽獸伍此事誰是非行行重回
顧

過宜賓見夷中亂山

江流日益深，民語漸已變。岸闊山盡平，連峯遠非漢。
慘慘瘴氣青，薄薄寒日煖。峯巒苦崖谷，草木條幹短。
遥想彼居人，狀類麏鹿竄。何時遂平定，戍卒從此返。

夜泊牛口

行過石壁盡，夜泊牛口渚。野老三四家，寒燈照疎樹。
見我各無言，倚石但箕踞。水寒雙脛長，壞褲不蔽股。
日莫江上歸，潛魚遠難捕。稻飯不滿盂，飢卧冷徹曙。
安知城市歡，守此田野趣。秖應長凍飢，寒暑不能苦。

戎州

江水通三峽，州城控百蠻。沙昏行旅倦，邊靜禁軍閑。

漢虜更成市羅紈斬不還投氈揀精密換馬瘦孱顏
兀兀頭垂髩團團耳帶鐶夷聲不可會爭利苦間關

舟中聽琴

江流浩浩群動息琴聲琅琅中夜鳴水深天闊音響
遠仰視斗牛皆從横昔有至人愛奇曲學之三歲終
無成一朝隨師過滄海留置絶島不復迎終年見怪
心自感海水震掉魚龍驚翻回蕩潏有遺韻琴意忽
忽從此生師來迎笑向所得撫手無言心已明世人
囂囂好絲竹撞鍾擊鼓浪謂榮安知江琴韻超絶擺
耳大笑不肯聽

泊南井口期任遵聖

期君荒江濆未至望已極朔風吹烏裘隱隱沙上立
愧余後期至先到犯寒色既泊問所如歸去已無及
繫舟重相邀雨冷塗路澁

江上早起

晨興孤舟上盥濯夜氣清整巾未皇坐雙櫓軋已鳴
日出江霧散江上山從横區區茅舍翁曉出露氣腥
收筒得大鯉愛惜不忍烹撙之易斗粟朝飰厭魚羹
蕭蕭遠風起泛泛野鴈驚忽過百餘里山水互變更
蓬舟問所如彼此不知名超超江湖間殊勝地上行

旦游市井喧莫宿無人聲江上誠足樂無怪陶朱生

江上看山

朝看江上枯崖山憔悴荒榛赤如赭莫行百里一回頭落日孤雲靄新畫前山更遠色更深誰知可愛信如今唯有巫山最穠秀依然不負遠來心

山胡

山胡擁蒼毳兩耳白茸茸野樹啼終日黔山深幾重啄溪探細石噪虎上孤峯被執應多恨籍籠俻不容

白鷳

白鷳形似鴿㨗曳尾能長寂寞懷溪水低回愛稻粱

田家比雞鶩野食薦杯觴肯信朱門裏徘徊占玉塘

屈原塔在忠州

屈原遺宅秭歸山南賓古者巴子國山中遺塔知幾年過者遲疑不能識浮圖高絶誰所爲原死豈復待汝力臨江慷慨心自明南訪重華訟孫直世人不知徒悲傷强爲築土高岌岌

嚴顔碑亦在忠州

古碑殘缺不可讀遠人愛惜未忍磨相傳昔者嚴太守刻石千歲字已訛嚴顔平生吾不記獨憶城破節最高被擒不辱古亦有吾愛善折張飛豪軍中生死

向足怪乘勝使氣可若何斫頭徐死子無怒我豈畏死如兒匹曹夫受戮或不避所重壯氣吞黄河臨危閑暇有如此覽碑慷慨思横戈

竹枝歌 忠排作

舟行千里不至楚忽聞竹枝皆楚語楚言啁哳安可分江中明月多風露扁舟日落駐平沙茅屋竹籬三四家連春並汲各無語齊唱竹枝如有嗟可憐楚人足悲訴歲樂年豐爾何苦釣魚長江江水深耕田種畬畏狼虎俚人風俗非中原處子不嫁如等閑雙鬟垂頂髮已白負水採薪長若艱上山採薪多荆棘負

水入溪波浪黑天寒斫木手如龜水重還家足無力
山深瘴暖霧露乾夜長無衣猶苦寒平生有似麋與
鹿一旦白髮已百年江上乘舟何處客列肆喧譁占
平磧遠來忽去不記州罷市歸船不相識去家千里
未能歸忽聽長歌皆慘悽空船獨宿無與語月滿長
江歸路迷路迷鄉思渺何極長怨歌聲苦凄急不知
歌者樂與悲遠客乍聞皆掩泣

望夫臺在忠州數十里

江上孤峯石爲骨望夫不來空獨立去時江水拍山
流去後江移水成磧江移岸改安可知獨與高山化

爲石山高身在心不移慰爾行人遠行役

八陣磧在夔州

漲江吹八陣江落陣如故我來苦寒後平沙如匹素
乘高望遺迹磊磊六十四遥指如布棊就視不知處
世稱諸葛公用衆有法度區區落褒斜軍旅無闊步
中原竟不到置陣狹無所茫茫平沙中積石排隊伍
獨使後世人知我非莽鹵奈何長蛇形千古竟不悟
惟餘桓元子父視不能去

灧澦堆或云上有古碑

江中石屛灧澦堆鼈靈夏禹不能摧深根百丈無敢

近落日紛紛晃鳫來何人磊落不畏死為我赤脚登
崔嵬上有古碑刻奇篆當使書讀磨蒼苔此碑若見
必有怪恐至絶頂遭風雷

入峽

舟行瞿唐口兩岸風鳴號渺然長江水千里投一瓠
峽門不為戶鬱怒水力驕扁舟落中流浩如一葉飄
呼吸信奔浪不復由長篙椗柁破漩旋畏與亂石遭
兩山感相值望之不容舠漸近乃可入白鹽最雄高
草木皆倒生哀聲悲玄猿白雲繚長袖零落如飛毛
緬懷洚水年慘慽病有堯禹益決岷水屢與山鬼鏖

摧岡轉大石破地疏洪濤嶢嶢當道山斲截肩尾銷峭壁下無趾連峯斷脩腰破處不生草上不掛鳥巢水怪不盡戮下有龍與鼉遼哉千萬年禹死遺迹牢豈必見河洛開峽斯巳勞

巫山廟

山中廟堂古神女楚巫婆娑奏歌舞空山日落悲風吹舉手雅盱道神語神仙潔清非世人死盎傾醪薦饗脯子知神君竟何自西方眞人古王母飄然乘風遊九州朅渡西海薄中土白雲爲車駕蒼虬驂乘湘君宓妃御天孫織綃素非素衣裳飄颻薄煙霧泊然

冲虛耿無營朝滄霄玉噉瓊乳下視人世安可據超
江東山去無所巫山之下江流清偶然愛之不能去
湍崖激作相喧豗白花翻翻龍正怒堯使大禹導九
州石隕山墜幾拆股山前恐懼久無措稽首山下苦
求助丹書玉笈世莫窺指示文字相爾汝擘山洩江
幸無苦庚辰虞余實相禹功成事定世莫知空山俄
頃千萬古廟中擊鼓吹長簫採蘭爲飧蕙爲肴玉釭
薦芰香飄蕭龍勺取酒注白茅神來享之風飄飄荒
山長江何所有豈有瓊玉薦沉寥神君聰明無我責
爲我驅獸攘龍蛟乘船入楚泝巴蜀濆旋深惡秋水

高歸來無恙無以報山上麥熟可作醪神君尊貴豈
待我再拜長跪神所勞

巫山廟烏

巫廟真人古列仙高心獨愛王爐煙飢烏巧會行人
意來去紛紛噪客船

君昭村

峽如王嬙纖屈須入宮曾不愧秦姝一朝遠逐呼韓
去遥憶江頭捕鯉魚江上大魚安敢釣轉拖橫江筋
力小深邊積雪厚埋牛兩處辛勤何處好去家離俗
慕榮華富貴終身獨可嗟不及故鄉山上女夜從東

三遊洞

洞前危逕不容足洞中明曠坐百人蒼崖碑几起成柱亂石散列如鷩麕清溪百丈下無路水滿沙上如魚鱗夜深明月出山頂下照洞口纔及脣沉沉深黑若大屋野老備火青如燐平明欲出迷上下洞氣瓶亂爲横雲深山大澤亦有是野鳥鳴噪孫能三蹲人一去無復見至今冠蓋長滿門

寄題淸溪寺（在硤州鬼谷子故居）

淸溪鬼谷子雄辦傾六國視世無足言自閉長默默

蘇張何爲者欲竊長短術學成果無賴遂爲世所惑
顛倒賣諸侯傾轉莫可執後世何不明疑我不汝及
誰知居深山玩世可終日君觀二弟子死處竟莫得
客齊目披裂投魏求寄食悠悠清溪中石亂流水急
溪魚爲朝飡老死得安穴居亂獨無言其辯吾不測

息壤（在荆南門外）

江上寒沙薄如席一夕墳起成高丘江流傾轉力不
勝左齧右吐非自由南郡城南獨何者平地生長殊
不休當中壘背不盈尺深入百丈皆石樓古人不知
下有帷發破不掩水漲浮傳言夏鯀塞洚水上帝愛

此無敢偷竊持大畚負長鏄剌取不已帝使凥禹知
水怒非塞止綱捕百怪雜蜃鰍搖壕入土不計丈投
擲填壓聲嗚啾一時既定憂後世恐此竊出壞九州
神人已死無復制故以此土封其頭發之輒滿不可
既意使靈物長幽因前年大旱千里赤取土盈掬雨
不收誰言咫尺舊黃壤中有千歲龍與虬高山萬仞
猶可削嗟此何獨生如疣天長地遠莽無極雖有缺
壤誰能瞷我疑天意固有在患世多事窮鑴鏤埏陶
鼓鑄地力困久不自補無爲憂世無女媧空白否磊
磊滿地如浮漚耕田鑿井自無已息壤無幾安能酬

荆門惠泉

泉源何從來山下長溪發油然本無縈誰使自激洌
茫茫九地底大水浮一葉使水皆爲泉地已不勝洩
應是衆水中獨不容至潔涓涓自傾瀉奕奕見清澈
石泓淨無塵中有三尺雪下爲百丈溪冷不受魚鼈
脫衣浣中流鮮我雙足熱樂哉泉上翁大旱不知渴

答荆門張都官 維 見和惠泉

荒凉荆門西泉水誰爲洩發源雖甚微來意不可折
平鋪清池滿皎皎自明澈甘凉最宜茶羊炙可用雪
炎風五月交中夜吐明月太守燕已還青幢空嵲嵲

泉上白髮翁來飲杯饌闌酌水自戲酬箕踞無禮節
區區游泉人常值午日烈回首憂重城賞玩安能徹

湘陽早發

春氣入楚澤原上草猶枯比風吹栗林梅蕊颯已無
我行亦何事驅馬無疾徐楚人信稀少田畝任蓁蕪
空有道路人擾擾不晋車悲傷彼何懶歎息此亦愚
今我何爲爾豈亦愚者徒行行楚山曉霜露滿陂湖

襄陽古樂府二首

野鷹來

野鷹來雄雉走蒼茫荒榛下毰毸大如斗鷹來蕭蕭

風雨寒壯士臺中一揮肘臺高百尺臨平川山中放
火秋草乾雉肥兎飽走不去野鷹飛下風蕭然嵳峨
呼鷹臺人去臺巳圮高臺不可見況復呼鷹子長歌
野鷹來當年落誰耳父生巳不武子立又不強北兵
東南下擾擾如驅羊鷹來野雉何暇走東縛籠中安
得翔可憐野雉亦有爪兩手捽鷹猶可傷

襄陽樂

誰言襄陽苦歌者樂襄陽太守劉公子千年未可忘
劉公一去歲特改惟有州南漢水長漢水南流峴山
碧種稻耕田泥没尺里人種麥滿高原長使越人耕

大澤澤中多水原上乾越人爲種楚人食火耕水耨古常然漢水魚多去滿船長有行人知此樂來買槎頭縮頸鯿

雙鳧觀在葉縣

王喬西飛朝洛陽飄飄千里雙鳧翔鳧飛遭網不能去惟有空覆鳧已亡誰知野鳥不能化豈必雙覆能飛揚鳧神覆恠當有在搔首野廟春風長

懷黽池寄子瞻兄

相攜話別鄭原上共道長途怕雪泥歸騎還尋大梁陌行人已渡古崤西曾爲縣吏民知否轍嘗爲此縣簿未赴而中

舊宿僧房壁共題（轍昔與子瞻應舉過宿縣中寺舍題其老僧奉閑之壁）。想獨遊佳味少，無言騅馬但鳴嘶。

辛丑除日寄子瞻

一歲不復居，一日安足惜。人心畏增年，對酒語終夕。夜長書室幽，燈燭明照席。盤飧雜梁楚，羊炙錯魚腊。庖人饌雞兔，家味宛如昔。有懷岐山下，展轉不能釋。念同去閭里，此節三已失。初來寄荊渚，魚雁賤宜客。楚人重歲時，爆竹鳴磔雞。新春始涉五，田凍未生麥。相携歷唐許，花柳漸牙拆。居梁不耐貧，投杞避糠覈。城南庠齋靜，終歲守墳籍。酒酸未嘗飲，牛美每共炙。

謂言從明年此會可縣射同爲洛中吏相去不盈尺
濁醪莘分季新筍可飼伯嶒嶒嵩山羕漾洛水碧
宮閑得相從春野玩朝日安知書閣下羣子並遭譏
偶成一朝榮遂使千里隔何年相會歡逢節勿輕擲

次韻子聰減降諸縣因徙事畢登覽

山川足清曠闤闠巧拘因安得孅阿御同爲穆蕭遊
遥知因漁汗遠出散幽憂原隰繁分繡村墟盡小侯
春深秦樹緑野闊渭河流四顧神蕭瑟前探意漲浮
勝觀殊未已往足詎能收下坂如浮舸登崖劇上樓
強行腰傴僂困坐氣嘘咻鳥語林巒靜花明澗谷幽

濯溪鷺野老伐路駮它州中散探深去文淵到處晋
聽琴峯下寺弄石水中洲溪冷泉氷脚山高霧迷頭
石潭清照骨瀑水濺成鈎仙廟鳴鍾磬神官束鉞劉
養生聞帝女服氣絶彭畦故宅猶傳尹先師不喜丘
居人那識道過客謾停驂巖谷誠深絶神仙信有不
雲居無几杖霞珮棄鑴鏤豹隱連山霧龍潜百尺湫
門開誰與叩桃熟浪傳偷絣髮清無比方瞳凜不眒
會須林下見乞取壽年脩扳去和雞犬相隨若旆旒
乘風遺騕褭長嘯賤笙簫從騎衣皆羽前驅鬣盡蚪
安能牽兩足躉得快雙眸自昔辭鄉樹南行上楚舟

萬江窮地脉三峽東天溝雲暗鄷都晚波吹木櫪秋
尋溪緣窈窕入洞聽颸飀空寺收黄栗荒祠畫伏彪
登臨雖永日行邁肯停輈留縮今何事攀躋昔已悠
魏京饒士女春服聚蜉蝣雷動車爭陌花桱樹繫鞦
遊人紛蕩漾野鳥自嚶呦平日曾經洛閑居願卜緱
空言真比夢久渴漸成愁早退嘗相約辭囂痛自樓
愛山心劫劫從宦興油油海宇都無礙山林盡可投
願為雲上鵠莫作盎中儵遐性行隨足謀生富給喉
今遊雖不與後會豈無由晝出同穿屐宵眠共覆裘
弟兄真欲爾朋好定誰儔試寫長篇調何人肯見酬

次韻子贍太白山下早行題崇壽院

山下晨光晚，林梢露滴昇。峯頭斜見月，野市早明燈。樹暗猶藏鵲，堂開已饌僧。據鞍應夢我，聯騎昔嘗曾。

次韻子贍延生觀後山上小堂

謝公遊意未能厭，踏盡登山屐齒尖。古殿神仙深杳杳，香爐煙翠起纖纖。巖花寂歷飄瓊片，庭檜蕭疎漏玉蟾。帝子莫歸人不見，微風細雨自開簾。唐玉真公主修道於此山

次韻子贍題仙遊潭中興寺

潭邊沙水不成泥，潭上孤禽掛嶮啼。繚繞飛橋能試

客蒙茸翠蔓巧藏溪雲爲絳帳馬融室台作屛風玉
女閨仙果知君今未足臨潭脚戰怕長梯

石鼻城

千山欲盡垂爲鼻百戰皆空但有城虎鬭穴中秦地
恐龍飛渭上漢江傾雍人未有章邯怨魏將猶存仲
達精睥睨陵遲春草滿白羊無數向風鳴

磻溪石

呂公年已莫擇主渭河邊跪餌罾雙膝臨溪不計年
神專能陷石心大豈營鱣不到磻溪上安知自守堅

郿塢

董公平昔甚縱横，晚歲藏金欲避兵。當日英雄智相似，燕南趙北亦爲京。

樓觀

老聃厭世入流沙，飄蕩如雲不可遮。弟子憐師將去國，關門望氣載還家。高臺尚有傳經處，畫壁空留駕犢車。一授遺書無復老，不知何苦服胡麻。此觀尹喜舊宅神仙傳西尹喜於流沙之言脚苣騰實

次韻子瞻秋雪見寄二首

秋氣蕭騷仍見雪，客愁繞繚動縈心。幽吟北户窗聲細，歸夢函關馬迹深。蹊樹飛花輕蔌蔌，裹荷留柄亂

簪髮。逢閒詩酒皆推勝，社客何人近納睬。

平時出處常聯袂，文翰叨陪舊服膺。自信老兄憐弱弟，豈關天下少良朋。何時杯酒看浮白，清夜肴蔬糲滿登。離思隔年詩不盡，秦梁雖遠速須譍。

次韻子瞻聞不赴商幕三首

惟我辭官免入商，才疏深畏忝周行。學從社稷非源本，近讀詩書識長短。東舍久居如舊宅，春蔬新種似吾鄉。閉門已學龜頭縮，避謗仍兼雉尾藏。雉藏不能尽尾，鄉人以為諺。

南童西鄫虛署長吏，居民惟不來妄語。自知當當見

棄遠人未信本非才厭從貧李嘲東閣懶學諫張綫
兩腮知有四翁遺跡在山中豈信少人哉
埧動筦鳴只自知憂輕責少幸官卑聲名謾作耳中
瑱科第空收領底髭西鄙倡狂猶將將中朝閒暇自
師師近成新論無人語仰羨飛鴻兩翅差

次韻子瞻病中大雪

吾兄筆鋒雄詩俊不可和雪中思清絕韻惡愈難忝
殷勤賦黃竹自勸飲白墮言隨飛花落意與長風鏇
餘力遠見撩千里寄璀瑳嗟予學久廢有類轉空磨
研磨久無得安可待充空貨記乘峽船行意被摧剉

溟濛霰洲渚泠冽光照坐我唱君賡酬馳騁不遑卧
譬如逐獸盧豈覺山徑坷酒肴助喧熱筆硯盡霑涴
詩詞禁推類令肅安敢破亦有同行人牽挽赴程課
爾來隔秦魏渴望等飢餓徒然遇佳雪有酒誰與賀

次韻子瞻記歲莫鄉俗三首

餽歲

周公制鄉禮無有相通佐非内送子思烝豚出陽貨
交親隨高低豈問小與大自從此禮衰伏臘有飢卧
鄉人慕古俗酬酢等四坐東鄰遺西舍迭出如蟻磨
寧我不飲食無爾相咎過相從慶新春顔色買愉和

別歲

富貴日月速貧賤覺歲遲遲速不須問俱作不可追親舊且酣飯送爾天北涯歲歲雖無情從我歷四時酌爾一杯酒晉我壯且肥長作令歲歡勿起異日悲掉頭不肯顧會莫與我辭酒闌氣方橫豈信從爾衰

守歲

於菟絕繩去餓兕追龍蛇（是歲壬寅）奔走十二蟲羅網不及遮嗟我地上人豈復柰爾何未去不自閑將去乃諠譁天上驅獸官爲君肯停過魯陽揮長戈日車杲再斜釃酒勸爾醉期爾甓蹉跎偕醉遣爾去壽考自

足誇

記歲首鄉俗寄子瞻二首

踏青

江上氷消岸草青三三五五踏青行浮橋波水不勝重野店壓糟無復清松下寒花初破萼谷中幽鳥漸嚶鳴洞門泉脉龍睛動觀裏丹池鴨舌生山下餅壚霑稚孺峯頭鼓樂聚簪纓縞裙紅袂臨江影青蓋驊騮踏石聲曉去爭先心蕩漾莫歸誇後醉從橫最憐人散西軒靜曖曖斜陽著樹明

蠶市

枯桑舒牙葉漸青新蚕可浴日晴明前年器用隨手
敗今冬衣着及春營傾囷計口賣餘粟買箔還家待
種生不唯箱篚供婦女亦有鉏鎛資男耕空巷無人
鬬容冶六親相見爭邀迎酒肴勸屬坊市滿鼓笛繁
亂倡優獰蚕叢在時已如此古人雖没誰敢更異方
不見古風俗但向陌上聞吹笙

子瞻寄示岐陽十五碑

堂上岐陽碑吾兄所與我吾兄自善書所取無不可
歐陽弱而立商隱瘦且楕小篆妙詰曲波字美婀娜
諱潘居顏前河類學顏頗飄華自磨淬峻秀不包裹

九成刻賢俊磊落雜么麽英公與褒鄂戈戟聞自荷
何年學操筆終歲惟箭笴書成亦可愛藝業嗟獨夥
余雖繆學文書字竚慵墮車前駕騏驥車後繫羸跛
逾年學舉足漸亦行駊騀古人有遺迹篡短不及鏁
願從兄發之洗硯處兄左

欒城集卷第一

欒城集卷第三

詩六十九首

畫文殊普賢

誰人畫此二菩薩跣坐花心乘象猊弟子先後執盂
立老僧槎牙森比肩山林脩道幾世劫顏貌僧麗如
開蓮重崖宛轉帶林樹野水荒蕩浮雲天峨眉高處
不可上下有絕澗錮九泉朝陽未出白露起有光升
天如月圓靈仙居中粗可識有類白兔依清漣遊人
禮拜千萬萬迤邐漸遠如飛煙五臺不到想亦爾今
之畫圖誰所傳吾兄子瞻苦好異敗縑破紙收明鮮

自從西行止得此試與記録代一觀

聞子贍重遊南山

終南重到巳春回山木緑崖緑似苔谷鳥鳴呼嘲獨徃野人笑語記曾來定邀道士彈鳴鹿誰與溪堂共酒杯應有新詩還寄我與君和取當遊陪（彈鳴鹿飲溪堂皆前游終南時事）

子贍見許驪山澄泥硯

長安新硯石同堅不待書來遂許頒豈必魏人勝近世強推銅雀没驪山寒煤舒卷開雲葉清露霑流發渺潛早與封題寄書案報君湘竹筆身斑

寒食前一日寄子瞻

寒食明朝一百五誰家冉冉尚廚煙桃花開盡葉初綠燕子飛來體自便愛客漸能陪痛飲讀書無思懶開編秦川雪盡南山出思共肩輿看麥田

大人久廢彈琴比借人雷琴以記舊曲十得三四率爾拜呈

久厭凡桐不復彈偶然尋繹尚能存倉庚鳴樹思前歲春水生波滿舊痕泉落空巖虛谷應珮敲清殿百官寒終宵竊聽不能學庭樹無風月滿軒

聞子瞻習射

舊讀兵書氣已振近傳能射喜征鼙手隨樂節寧論
中箭作鴟聲不害文力薄僅能勝五斗才高應自敵
三軍良家六郡傳真法馬上今誰最出羣

種菜

久種春蔬旱不生園中汲水亂瓶罌菘葵經火未出
土僮僕何朝飽食羨強有人功趨節令悵無甘雨困
耘耕家居閒暇厭長日欲看年華上菜莖

次韻子瞻題薛周逸老亭

飛鳥不知穴山鹿不知流薛子善飲酒口如吸水虬
吾觀腸胃間何異族黨州人满地已盡一介不可留

謂子試飲水一酌不再求謂子飲醇酒百爵豈待酬
酒可水不可其説亦已悠以我視夫子胷腹百丈幽
譬如田中人視彼公與侯未省破顔飲何况裸露頭
鴟夷謂大瓠皆飽安用浮多少苟自適豈害爲明遊

次韻子瞻題長安王氏中隱堂五首

秦中勝三蜀故國不須歸甲第春風滿巴山晝夢非
竹深啼鳥亂花落晚蜂飛我欲西還去敲門慎勿違
唐朝卿相宅此外更應無請看庭前樹曾攀屋裏姝
流傳漸失實遺老不禁徂試問歸登物林間翠否孤

或云此即歸登宅

愛君高堂上有似蜀江壖墻外終南近簷西太白偏

晚梅晴自媚老竹暗相遷未到遲聞說吾廬安得然

官去空留鶴山浮不見鼇竹林迎日淨槐木擁亭高

鳥噪知人至蟬鳴覺口勞誰能飲堂上解帶不穿袍

君看原上墓壙盡但餘碑誰見生前貴塵生帶下龜

高堂幸有酒一飲豈論貲勉强行樂耳古人良可悲

和子瞻鳳翔八觀八首

石鼓

岐山之陽石爲鼓叩之不鳴懸無虡以爲無用百無

直以爲有用萬物祖置身無用有用間自託周宣誰

敢侮宣王没後墳壠平泰野蒼茫不知處周人舊物
惟存山文武遺民盡囚虜鼎鍾無在鑄戈戟宮殿已
倒生禾黍厲宣子孫竄四方昭穆錯亂不存譜時有
過客悲先王綢繆牖戸徹桑土思宣不見乎鼓存由
鼓求宣近爲愈彼皆有用世所好天地能生不能主
君看項籍猛如狼身死未冷割爲脯馬童楊喜豈不
仁待汝封侯非怨汝何况外物固已輕毛擒翡翠尾
執塵惟有蒼石於此時獨以無用不見數形骸偃蹇
任苔蘚文字皴剥困風雨遭亂既以無用全有用還
爲太平取古人不見見遺物如見方召與申甫文非

科斗可窮詰簡編不載無訓詁字形漫汗隨石缺蒼
虵生角龍折股亦如老人遭暴横顚下髭禿口齒齬
形雖不具意可知有云楊柳貫魴鱮魴鱮豈厭居溪
谷自投網罟入君俎柳條柔弱長百尺挽之不斷細
如縷以柳貫魚魚不傷貫不傷魚魚樂死登之廟中
鬼神格錫女豐年多黍稌宣王用兵征四國北摧犬
戎南服楚將帥用命士卒驩死生不顧鬬虓虎悶之
何術能使然撫之如子敬如父弱柳貫魚魚弗遺仁
人在上民不怨請看石鼓非徒然長笑太山刻秦語

咀楚文

詛楚如桀詛秦秦則紂桀罪使信然紂語安足受
牲肥酒醪絜夸誕鬼不祐鬼非東諸侯豈信辯士口
碑埋所年下意繞章華走得楚不付孫但爲劉季取
吾聞秦穆公與晉實甥舅盟鄭絶晉歡結楚將自救
事（事見呂相絶秦）使秦詛楚人晉亦議秦後諸侯迭相詛禍福
果誰有世人不知道好古無可否何當投涇流渾濁
蓋鄙醜

王維吳道子畫（在普門及開元寺）

吾觀天地間萬事同一理偏也工斲輪乃知讀文字
我非畫中師偶亦識畫旨勇怯不必同要以各善耳

壯馬脫銜放平陸步驟風雨百夫靡美人婉娩守閑
獨不出庭戸修容止女能嫣然笑傾國馬能一蹶致
千里優柔自好勇自強各自勝絶無彼此誰言王摩
詰乃過吳道子試謂道子來置女所挾從軟美道子
掉頭不肯應　傑我已足自恃雄奔不失馳精妙實
無比老僧寂滅生慮微侍女閑絜非復婢丁寧勿相
遭幸使二子齒二子遺迹今豈多岐陽可貴能獨備
但使古壁常堅完塵土雖積光豔長不毀

楊惠之塑維摩像在天柱寺

金粟如來瘦如腊坐上文殊秋月圓法門論極兩相

可言語不復相通傳至人養心遺四體瘦不爲病肥
非姸誰人好道塑遺像鮐皮束骨筋扶咽兀然隱几
心已滅形如病鶴竦兩肩骨節支離體踈緩兩目視
物猶炯然長嗟靈運不知道強剪羙須插兩顴彼人
視身若枯木割去右臂非所患何况塑畫已身外豈
必奪爾庸自全眞人遺意世莫識時有遊僧施缽錢

東湖

不到東湖上但聞東湖吟詩詞已清絕佳境亦可尋
蜿蜒蒼石螭蟠挐據湖心倒腹吐流水奔注爲重深
清風蕩微波渺渺平無音有鼈行在沙有魚躍在潯

鼈圓如 新荷魚細如蠹蟫梧桐生兩涯蕭蕭自成林
孫枝復生孫巳中琹與琴秋虫噪蜩螿春鳥鳴鴃鶬
有客來無時濯足蔭清陰自忘府中官取酒石上斟
醉倒卧石上野蟲上其襟醒來不知莫湖月翻黃金
油然上馬去縱牽不自箴作詩招路人行樂宜及今
人生不滿百一瞬何所任路人掉頭笑去馬何駸駸
子有不肖弟有冠未嘗簪願身化爲線使子爲之鍼
子欲烹鯉魚爲子漑釜鬵子欲枕山石爲子求布衾
異鄉雖云樂不如反故岑瘦田可鑿耕桑柘可織紝
東有軒轅泉隱隱如牛涔西有管輅宅尚存青石碪

彭女晉膝踝禮拜意已欽慈毋抱衆子亂石寒蕭森
朝徃莫可還此豈不足臨愼勿語他人此意子獨諶

真興寺閣

秦川不爲廣南山不爲高崒峨真興閣傑立陵風飆
危檻俯翔鳥跳簷落飛猱上有傲世人身衣白鶴毛
下視市井喧奔走何嗷嗷蕭然倚楹嘯遺響入雲霄
清風吹其裾冉冉不可操不知何所爲豈即非盧敖
遊目萬里閒遠山如伏羔遺語謝世俗釣魚當釣鼇

李氏園 李茂正園也俗謂皇后園蓋茂正謂其妻也

有客騎白駒揚鞭入青草悠悠無遠近但擇林亭好

蕭條北城下園號李家媪繫馬古車門隨意無酒𥙿
鳴禽驚上屋飛蝶紛入抱竹林浄如濯流水清可濼
閑花不著行香梨獨依島松枝貫今昔林影變昏早
草木皆蒼顏亭宇已新造臨風置酒樽庭下取槧棗
今人強歡笑古人已枯槁欲求百年事不見白鬢老
秦中古云樂文武在豐鎬置囿通樵蘇養獸讓麀麌
池魚躍金碧白鳥飛紵縞牛羊感仁恕行葦亦自保
當年歌靈臺後世詠魚藻古詩宛猶在遺處不可考
悲哉李氏末王覇出奴皂城中開芳園城外羅戰堡
擊鼓鳴巨鐘百姓皆懊惱及夫聖人出戰國卷秋潦

園田賦貧民耕破園前道高原種菽粟陂澤滿粳稻
春耕雜壺漿秋賦輸秸藁當年王家孫自庇無尺椽
空餘百歲木妄爲天巫禱遊人足譏罵百世遭舌討
老翁不願見吾溺祝禨祿祈用戒滿盈飲酒無醉到

秦穆公墓在橐泉上

泉上秦伯墳下埋三良士三良百夫特豈爲無益死
當年不幸見迫脅詩人尚記臨穴惴豈如田橫海中
客中原皆漢無報所秦國吞西周康公穆公子盡力
事康公穆公不爲負豈必殺身從之遊夫子乃以侯
嬴所爲疑三子王澤既未竭君子不爲詭三良狥秦

稷要自不得已

聞子瞻將如終南太平宮谿堂讀書

爲吏豈厭事厭事日墮媮著書雖不急實與百世謀
問吏所事何過客及繫囚客實虛攪人囚有不自由
辦之何益增不辦亦足憂嗟此誰不能脫去使自收
幽幽南山麓下有溪水流溪上亦有堂其水可濯漱
終日不見人惟有山鹿呦是時夏之初溪冷如孟秋
山椹黃笠展林筍紫角冉抽朝取筍爲羹莫以椹爲羞
溪魚鯉與魴山鳥鷺與鳩食之飽且平偃仰自佚休
試探篋中書把卷捐前脩怳如反故鄉親朋自相求

蔚如甕中糟久熟待一薦爲文若江河豈復有刻鏤
尚何憶我爲欲與我同遊我雖不能徃寄詩以解愁

次韻子瞻麻田青峯寺下院翠麓亭

走馬紅塵合開懷野寺存南山抱村轉渭水帶沙渾
亭峻朱欄繞堂虛白佛尊煩襟喜脩竹勸馬樂芳蓀
白氎柔隨手清泉滿照盆塵顏洗濯浄髀肉冉三捫
饋食青蔬軟流匙細粟翻老僧勿施敬對客說山門

次韻子瞻宿南山蟠龍寺

谷中夜行不見月上下不辨山與谷前呼後應行相
從山頭誰家有遺燭熒熒深徑馬蹄響落落稀星著

蹊木行投野寺僧已眠叩門門無人狗出縮號呼從若父嗔罵老僧下牀揉兩目問知官吏冒夜來掃牀延客臥華屋奩中無燈饑賓盡愧客滿盆雖脫粟客未已遂睡忘覺僧起開堂勸晨粥自嗟奔走閑僧閑傳然來過何年復留詩滿壁待重遊但恐塵埃難再讀

賦園中所有十首京師作

萱草

萱草朝始開呀然黃鵠觜仰吸日出光口中爛如綺纖纖吐須鬚冉冉隨風哆朝陽未上軒粲粲幽閑姿美女生山谷不解歌與舞君看野草花可以解憂悴

竹

寒地竹不生雖生常若病斸根種幽砌開葉何已猛嬋娟水雪姿散亂風日影繁華見孤淡一箇敵千頃令人憶江上森聳緑崖𤃬無風聲自飄㩁簌鳴荒逕

蘆

蘆生井欄上蕭騷大如竹移來種堂下何爾短局促莖青甲未䏶枯葉已可束蘆根愛溪水餘闊長鮮緑强移性不遂灌水惱僮僕晡日下西山汲者汗盈掬

石榴

堂後病石榴及時亦開花身病花不齊火候漸已差

芳心竟未已新蕚綴枯槎誰言石榴病乃又占年華
鄰家花最盛早發豈容遮殘紅已零落婀娜子如瓜

蒲桃

蒲桃不禁冬蟠盤似無氣春來乘盛陽覆架青綾被
龍鬚亂無數馬乳垂至地初如早梅酸晚作醲酪味
誰能釀爲酒爲爾架前醉滿斗不與人凉州幾時致

箒草

室幽來客稀壁土積不掃鄰翁笑我拙教我種聚草
經霜研爲箒不讓秋竹好始生如一毛張王忽侵道
鉏耰禁芟剷愛惜待枯槁有用皆勿輕吾師灌園老

果蠃

吾兄客閔中果蠃施吾宇兄雖未得還我豈如婦女
吻吻感微物滂泗若零雨但愛果蠃莖屈曲上墻堵
朝見緣墻頭莫已過墻去物生隨年華還日何足數

牽牛

牽牛非佳花走蔓入荒榛開花荒榛上不見細蔓身
誰剪薄素紗浸文青藍盆水淺浸不盡下餘一寸銀
嗟爾脆弱草豈能凌霜晨物性有禀受安問秋與春

雙栢

南園地性惡雙栢不得長蓬麻春始生今已滿一丈

栢生嗟幾年失意自悽愴有子壓枝低巳老非少壯
尤栢栢也寃尤地亦恐妄兩既無所尤高枝幾時放

葵花

葵花開巳闌結子壓枝重長條困風雨倒卧枕丘壠
憶初始放花岌岌旌節聳得時能幾時狼籍成荒冗
浮根不任雪採剥收遺種未恐焚枯莖積疊墻角擁

和子瞻記夢二首

兄從南山來夢我南山下探懷出詩卷卷卷盈君把
詩詞古人似弟則吾弟也相與千里隔安得千里馬
攜手上南山不知今乃夜晨雞隔墻唱欹枕窻月亞

百語記一詞秋菊悲蛩吒此語鮑謝流平日我不暇

我本無此詩嗟此誰所借

蟋蟀感秋氣夜吟抱菊根霜降菊叢折守根安可存

啾啾荒苗下喞喞空自論不敢學蝴蝶菊盡兩翅翻

虫陳不絕口菊死不絕芬志士豈棄友烈女無兩婚

次韻子瞻題岐山周公廟

周人尚記有周公禾黍離離下有宮破豆烝豚非以報野巫長跪若為通山圖棟宇泉流近廟后有惪潤泉世乱則竭鳳去梧桐落葉濛有客賦詩題屋壁二南猶自有遺風

次韻子瞻題扶風道中天花寺小亭

客車來不息，轍迹自成溝。莫怪慵登寺，猶宜常舉頭。

獨遊知憶弟，望遠勝登樓。處處題詩遍，篇篇誰爲收。

次韻子瞻南溪避世堂

柱杖行窮徑，園堂尚有林。飛禽不驚處，蒻竹正當心。

虎嘯風吹籟，霜多蟬病瘖。獸驕從不避，人到記由今。

未暇終身住，聊爲半日吟。青松可絶食，黄蘖不須侵。

偶到初迷路，將還始覺深。堂中有幽士，揷髻尚餘簪。

和子瞻三遊南山九首

樓觀次韻

神仙避世守關門一世沉埋百世尊舊宅居人無姓尹深山道士即爲孫天寒遊客常逢雪日暮歸鴉自識村君欲晋身託幽寂直將山外比羌渾

五郡 次顒

蜀人不信秦川好食蕨從梢未及甘當道沙塵類河北依山水竹似江南觀形隨阜飲溪麁雲氣侵山食葉蚕猶有道人迎客笑白鬚黃袖豈非聃

傳經臺

輪扁不能令子巧老聃雖智若爲傳遺經尚在臺如故弟子今無似喜賢

大秦寺

大秦遥可說高處見秦川草木埋深谷牛羊散晩田
山平堪種麥僧魯不求禪北望長安市高城遠似煙

仙遊潭五首

潭

潭深不可涉潭小不通船路斷遊人止龍藏白沫旋
剪藤量水短揷石置橋堅橋外君民少躬耕不用錢

南寺

澄潭下無底將渡又安能慣上横空木輕生此寺僧
曉魚開考考石塔見層層不到殊非惡它年記未曾

北寺

君看潭北寺何用減潭南不到還能止重來獨未厭荒凉增客思貧病覺僧慙飲水寒難忍誰言栢子甘

馬蠵石室

扶風貴公子早歲伴山家吹笛墮秋葉讀書隨晚鴉業成心自叛學若我長嗟石室非人住窮山雪似沙

玉女洞

洞門蒼蘚合傴僂不容身傳有虛明處中藏窈窕人吹笙橋上月拾翠洞南春往往來山下蕭然雨洒塵

和子瞻調水符

多防出多欲欲少防自簡君看山中人老死竟誰謾
渴飲吾井泉飢食甑中飰何用費卒徒取水負瓢罐
置符未免欺反覆慮多變授苦無憂符階下泉可嚥

次韻子瞻招隱亭

隱居吾未暇何暇勸夫人試飲此亭酒自慙纓上塵
林深開翠𡽪岸斷峻巖鬪送雪村酤釅迎陽鳥哢新
竹風吹斷籟湖月轉車輪霜葉飛投坐山梅重壓巾
欲居常有符已失歎無因古語君看取聲名本實賓

次韻子瞻凌虛臺

棄我謂我遠求我謂我還我一爾則二視此臺上山

山高上干天獨不照我顏無乃我自蔽誰謂山則慳
遂望不見趾近視不得髮山實未始變任子自擇刪
北風吹南崖山上秋葉斑道遠又寒苦皴裂辭難攀
晴空卷朝雲照夜霜月彎強爾登此臺免爾超闤闠

扶風太守宅舊不見南山唯此臺上見之故云

次韻子瞻竹䶉

野食不穿園緣飲不盜盎嗟䶉獨何罪膏血自爲罔
陰陽造百物偏此愚不爽肥癡與瘦黠禀受不相髣
王孫處深谷小若兒在襁超騰避彈射將中還復往
一朝受羈絏冠帶相賓饗愚死智亦擒臨食抵吾掌

次韻子瞻渼陂魚

渼陂霜落魚可掩枯茭破盤蒲折劒巨斧敲氷已脐
知長叉刺浪那容閃鯨孫蛟子誰復惜朱鬣金鱗漫
如染避逅相遭已失津偶然一掉猶思塹嗟君遊宦
久羊炙有似遠行安野店得魚未熟口流涎豈有哀
矜自欺僭人生飽足百事已羙味那令一朝欠少年
勿笑貪七箸老病行看費鍼砭羊牛懸骨空自飢伯
夷食菜有不贍清名驚世不益身何異飲醯徒醅釅

和子瞻讀道藏

道書世多有吾讀老與莊老莊已云多何況其駢傍

所讀嗟甚少所得半已強有言至無言既得旋自忘

譬如飲醇酒已醉安用漿昔者惠子死莊子哭自傷

微言不復知言之使誰聽哭已輒復笑不如飲此藏

脂牛雜肥豜烹熟有不嘗安得西飛鴻送我以與兄

次韻子瞻南溪微雪

南溪夜雪曉來霽有客晨遊酒未消風泛餘花來逐

馬光浮斷澗不知橋山寒凍合行人息醉熟賓歡舞

意囂歸騎相將踏瑶玉嗅林間認早梅條

和子瞻司竹監燒葦園因獵園下

駿馬七尺行馮馮曉出射獸霜為冰荻園斫盡有枯

研東茅吹火初如燧乍分乍合勢開展蒼烟被野風
騰騰黄羝驚顧嘯儔侶飛鳥先起如蒼蠅須臾立旆
布行伍有似脩蜂横罔陵蒼蠅猛犬出前後缺處已
掛黄麻罯回風忽作火力怒平地一卷無疆塍商辛
不出抱寶死曹瞞逸去燋其肱投身誤喜脫灰燼鬬
首旋已遭侵凌何人上馬氣吞虎羝帽壓耳皮蒙䩞
開弓徐射疊雙兎擁馬騅叫驚未曾舉鞭一麾百夫
進擊皷再發箭啓棚去如飛亩中如電獲若兩獸高
流蠅肉分麾下飽壯士皮與公子晋練縑縱横分裂
惠村塢尚存磊落載後乘吾兄善射又無敵是日欽

手稱不能憑鞍縱馬聊自適酒後醉語誰能詟健兒
擊搏信可樂主將雄猛今誰勝胷中森列萬貔虎嗟
世但以文儒稱安得強弓傳長箭使射蔽日垂天鵬

木山引水二首

引水穿墻接竹梢谷藏峯底大容瓢將流旋滴盧山
瀑已盡還來海上潮亂點落池驚睡覺半含山潤沃
心焦瓦盆一斛何勝滿溢去猶能浸菊苖
簷下枯槎拂荻梢山州迤邐費公瓢幽泉細細流巖
鼻盆水瀰瀰漲海潮但愛堅如湖上石誰憐収自竈
中焦蒼崖寒溜須佳蔭尚少青冬石髮苖

興州新開古東池

山遶興州萬疊青池開近郭百泉并昔年種柳人安在累歲開花藕自生波暖跳魚聞樂喜人來野鴨望船鳴西還過此須終日爲問使君行未行

子瞻喜雨亭北隋仁壽宫中恠石

仁壽宫中穭穀生太湖蒼石草間横興衰换世身猶在南北從人事已輕累石作臺秋蘚上鑿汧通水細渠清三年此亦非公有空使他年記姓名

用林姝韻賦雪

寄雪來何晚窮冬候欲差投空落細米布地净平沙

縈繞飛相著，重仍積暗加。兩微花破碎，風細腳傾斜。
次第來如摻，宜濛墮不譁。爆鵝吹勁鞴，秀蕾拂輕枷。
晝宇飄還沒，團毬媛旋宸。出鹽東海若，鍊石古皇媧。
翻鍛騰歸騎，紛飄集晚鴉。庭梅辨紅萼，攏麥覆黃芽。
撩砌求新蘗，尋蹤射伏麛。埋樓平晝卷，集樹短盈槎。
亂下曾何擇，平鋪欲盡遮。欺貧巢入竇，惱客重添車。
積素聊成獨，亭井強試茶。病僧添眺鉢，老令放晨衙。
融液曾何有，鮮明竟不奢。積多還避井，化早發從畬。
溜滴簷垂著，行觀逕轉蛇。誰能相就醉，都市酒家賒。

送張唐英監閬州稅

閬中雖近蜀監稅本閑官豈足淹賢俊聊應長羽翰讀書心健否答策意何闌未可厭畋獵田中有走貊

送張師道楊壽棋二同年

故國多賢俊登科並弟兄重來舊游處兩見近題名冉冉須堪把髮鬖歲可驚孤轅已南向馬足復西征入峽猿應苦還荊雁已鳴喜從元帥幕官職漸崢嶸

送家定國同年赴永康掾

清慎岷山掾登科已七年迎親就魚稻爲吏擇林泉去騎闌中熱歸心沫水鮮官閑幸可樂記買鷓鴣煎永康多鷓鴣

送覇州司理翟晏

大梁能賦客邊郡繫囚曹官職不相稱聲名終自高
試觀爲吏苦應過讀書勞努力事初宦尺絲無厭纍

送道士楊見素南遊

黄河春漲入隋溝徃意隨波日夜流萬里尋山如野
鶴一身浮水似輕鷗湖風送客那論驛岳寺留人暗
度秋遲子北歸來見我携琴委曲記深幽

利路提刑亡伯郎中挽詞二首

好學先鄉黨登科復妙年誰爲耆舊傳最慮縉紳先
淪謝今亡矣風流孰繼焉冤歸食里社世世仰仁賢

晚歲官仍困終身恥自言廉明漢循吏仁愛鄭公孫
赤縣朝稱理衡山德共尊遠人應罷市處處有遺恩

亡伯母同安縣君楊氏挽詞

德盛諸楊族賢宜伯父家周姜職蘋藻歎母事蚕麻
大邑移封近陰堂去日賒空餘鏡奩在時出舊笄珈

欒城集卷第二

欒城集卷第三

詩七十五首

北京送孫曼叔屯田權三司開坼司

人生不願才士困奔走君爲大農屬求暇更能否
自我遊魏傅相識恨未久誰言但傾蓋信有勝白首
清晨坐風觀落日說涼牖棊精動如律弓健不論斗
旁觀我不能晤語君見受秋風起沙漠凄雨濕征袖
送行欲汲汲富貴恐君後將去聊遲遲已遠悲朋友

和強至太傅小飲

誰能飲酒如傾水醉倒坐中扶不起形骸外物已如

遺升斗任君無復避霜梨氷脆寒侵齒未盡一杯先
已醉強將文字笑紅裙冷淡爲歡何足貴

和強君尾亭

君爲魏博三年客日有江湖萬里心甓得野亭留馬
足強循踈柳步堤陰無人携手共吳語得意捉頭特
越吟何日東郊過微雨並騎鞍馬去同尋

中秋夜八絕得月明星稀烏鵲南飛題

長空閑積雨淸夜流明月看盡上樓人油然就西没
誰遣常時月偏從此夜明暗添珠百倍替感兎多生
欲見初容燭將升尚有星漸高圖漸小雲外轉亭亭

明入庭陰白寒侵酒氣微夜深看更好樓上漸人稀
浮光看不定重露試還無影翻任舞客明誤已棲烏
巧轉上人衣徐行度樓角河漢冷無雲冥冥獨飛鵲
猿狖號枯木魚龍泣夜潭行人已天北思婦隔江南
看久須扶立行貪遂失歸誰能終不睡爛醉羽觴飛

次韻王君貺尚書會六同年

有美佳賓賢主人布衣曾共脫京塵飲來未覺歲華
晚醉後能令秋氣春發譽早同初宦日收功終籍老
成身宅年此會應圖畫傳入誰家屛幛新

王君貺生日

純陰十月晚勁氣肅羣驕惟有喬松在長看積雪消
生賢禀眞性特立冠當朝早歲初成賦羣雄已失標
治才精破竹廷論壯生飈博士皆推賈宣皇重試蕭
周旋窮政體出入解心焦九列髙稱冠三台豈足超
論功歸頡覇夔相待虞姚驥騁經新卧弓強發矢弨
百年時節在四海衆心翹當見飛中使齎金賜此朝

二府生日例賜金帛

次韻姚孝孫判官見還岐梁唱和詩集

伯氏文章豈敢知岐梁偶有往還詩自憐兄力能兼
弟誰肯塤終不聽篪西號春游池百頃南溪秋入竹

千枝恨君曾是關中吏屬和追陪失此時

次韻王臨太博馬上

冬晚霜露重城遥鞍馬勞徒知事奔走曾未補毫毛
水旱嗟嚬蹙瘡痍費抑搔莫歸何暇食堆按簿書高

次韻王君北都偶成三首

河轉金隄近天高魏闕新千夫奉儒將百獸伏麒麟
校獵沙場莫談兵玉帳春關南知不遠誰試問番隣
天寶亂已定河壖兵更多故城埋白骨遺俗喜長戈
卧獸常思肉奔鯨不受羅縱横竟安在誰見冢嵳峨
禁籞封金殿清河貫石門時平餘古木兵散有空屯

形勝山圍闊蕃宣海內尊川原不論頃雲夢可勝吞

次韻沈立少卿白鹿

白鹿何年養鷙猜未肯馴軒除非本性飲食強依人烈影氷浮水飛毛雪洒塵獨游應已倦忽見乍疑神野色明幽步煙蕪薦卧身異姿人共愛清意爾誰親日暖山苗熟風微澗草春何緣觧羈縶奔放任天真

送陳安期都官出城馬上

城中二月不知春唯有東風滿面塵歸意已隨行客去流年驚見梆條新簿書填委休何日學問榛蕪愧古人一頃稻田三畝竹故園何負不收身

登上水閣

淇水沄沄入禁城城樓中斷過深清空郊南數牛羊下落日迴瞻觀闕明歲月逼人行老大江湖發興感平生畫船早晚籠新屋慰意來看水面平

寒食贈遊壓沙諸君

城南壓沙古河淤沙上種梨千萬株隆冬十月我獨往風吹葉盡枝條踈老僧屈指數春候却後百日花當蘇微風細雨膏潤足枝頭萬萬排明珠齊開競發不知數照曜氷雪明村墟此時官閑得遊賞長堤平穩宜驂駒寺門古木茅檕動倉庚布穀相和呼及時

行樂不可緩歲長春短花須臾僧言我意兩相值欲往屢已脂吾車今朝寒食燈火斷薄雲蔽日風沙除此花又已待我至况有朋友相携扶來邀反覆不能往豈獨負君花已辜諸君高邁足才思佐酒况得萬玉奴坐中未醉愼無起倒載當山公使如

明日厚安卿強幾聖復召飲醉次前韻

芳樽酌水清無淤梨園著雪迷根株鄰宮士女喜行樂坐上酌客誰親疎倦遊不知歲月過痛飲漸覺筋骸蘇風吹落片亂鵝毳雨結細實駢明珠雲屯冰積動論頃誰信城郭涵村墟坐觀明媚低照席行看繁

鬧横遮駒我貧不辨供酒炙側耳日聽交朋呼無端人事巧拘束曾不見置閑須史長鯨渴水求入海老驥伏櫪思就車清明未過春未老寒食豈必節與除二君爲我重置酒席上醉倒交相扶觀娱安用苦酬酢吽嚊不畏相罪辜昏然已覺萬物小下視吏役真婢奴請君數具牛酒費此外百事何能如

次韻柳子玉郎中見寄

新年始是識君初顧我塵埃正繭裾談辨未容朝夕聽情親空愧往還書乂聞筆陣無前敵更擬詩壇託後車待得入城應少暇相從有約定何如

秀州僧本堂净照堂

有僧訪我携詩卷自説初成净照堂求得篇章書壁素不論塵土漬衣黄故山别後成新歲歸夢春來遶舊房看取盈編定何益客來無語但循墻

京師送王頎殿丞

憶遊長安城皆飲毋鄉宅身雖坐上賓心是道路客笑言安能久車馬就奔迫城南南山近勝絶聞自昔徘徊竟莫往指點煩鞭策道傍古龍池深透河渭澤山行吾不能愧此纔咫尺壯哉誰開鑿千頃如一席參差山麓近滉蕩波光射君時在池上俗事厭紛劇

望門不敢叩恐笑塵土迹自從旅京城所向愈無適
君來曾未幾已復向南國扁舟出淮汴唯見江海碧
野人處城市長願有羽翮脱身相從遊未果聊自責

石蒼舒醉墨堂

石君得書法弄筆歲月久經營妙在心舒卷功隨手
惟兹逸羣氣扶駕須斗酒作堂名醉墨揮灑動牆牖
安得濁酒池淋漓看濡首取但繼張君莫顧顛名醜

遊净因院寄璉禪師

歲月潛消日裏水依然來見佛堂燈此身已自非前
我問法何妨似舊僧灑面飛泉時點點壓池蒼石尚

層層逕知近愛金山好江水煎茶日幾升

送柳子玉

柳侯白首郎風格終近古舊遊日零落新輩誰與伍
人情逐時好變化無定主試看近時人相教踏規矩
行身劇孔孟稱道皆禹舜但求免譏評豈顧愁脉脈
坐令不羈士舉足遭網罟緬懷我生初遺俗尚目睹
中庸雖已亡比近則猶愈老成慎趨好後生守淳魯
豈效相謾欺銜牛沽馬脯過惡酒色間可罪非可惡
譬如嵇與阮心迹豈深蠹京師逢柳侯往事能歷數
歡息子美賢相與實舊故至今存篇章醉墨龍蛇舞

斯人今苟在亦恐終囚虜惜哉時論隘安置失處所

一麾寄河壖垂老幸有土世俗安足論且盡杯中醑

送蘇公佐修撰知梓州

乘軺舊西蜀出鎮復東川父老知遺愛壺漿定滿前

江山昔年路旄節異邦權望重朝中舊疆分劍外天

歲登無猛政蠻服罷防邊去國身雖樂憂時論獨堅

孤誠抱松直彙進比茅連我亦相從逝疎狂且自全

送任師中通判黃州

一別都門今五年劇談精壯故依然厭居巴蜀千山

底決仕荆河十頃田老去功名無意取身閑詩筆更

能専黄州無事聊須飲世俗方今自足賢

南窻

京師三日雪雪盡泥方深閉門謝還往不聞車馬音
西齋書帙亂南窻初日升展轉守床榻欲起復不能
開戸失瓊玉滿堦松竹陰客從遠方來疑我何苦心
疎拙自當爾有酒聊共斟

次韻楊褒直講攬鏡

鬓髪年來日向衰相寛不用強裁詩壯心付與東流
去霜蟹何妨左手持苑發黄鸝巧言語池開楊柳鬭
腰肢勸君行樂還聽否即是南風苦熱時

送錢婺州純老

桃花汴水半河流，已作南行第一舟。倦報朝中言嘖嘖，亂喜聞淮上櫓咿呦。平時荅策詞無枉，此去爲邦學更優。自古東陽足賢守，請君重賦沈公樓。

次韻柳子玉見贈

壯心衰盡愧當年，刻意爲文日幾千。老去讀書聊度歲，春來多睡苦便氈。夢歸似雁長飛去，才短如蠶只自纏。唯有聞詩尚思和，可能時寄最高篇。

次韻任遵聖見寄

故國老成誰復先，壯心空記話當年。灌夫失意貧無

友梅福辭官晚作仙詩句清新非世俗退居安穩卜
江天宅年我亦從君隱多買黃魚煮復煎

次韻劉貢甫學士畫松石圖歌

長松大石生長見鶴遊塵土嗟吾羨與翠筆開心失舊
交歲華過眼驚流電破綃買得古畫圖還墨參差隨
斷綠螺枝倒掛風自舞直幹孤生看面面故山回物
遂莫致愛此隨人共流轉物生直旁竟何有還意一
畔寧復辨少年所好老成癖傍人指笑嗟矜衒京城
宅舍松石希買賣百金猶恐賤

送顧起及第還蔡州

詔書京鋪起沉淪歲貢仍居第一人不愧得官名暫
屈自誇對策語深淳讀書飽足終無厭從宦奔馳自
此新我去淮陽今不久鄰邦時得問音塵

初到陳州二首

謀拙身無向歸田乆未成來陳爲懶計傳道愧虚名
俎豆終難合詩書強欲明斯文吾已試深恐誤諸生
乆愛閑居樂茲行恐遂不上官容碌碌飽食更悠悠
枕畔書成僻湖邊榔散愁踈慵愧韓子文字化潮州

柳湖感物

柳湖萬柳作雲屯種時乱挿不須根根如卧蛐身合

抱仰視不見蜩蟬喧開花三月乱飛雪過牆度水無復還窮高極遠風力盡棄墜泥土顏色昏偶然直墮湖中水化爲浮萍輕且繁隨波上下去無定物性不改天使然南山老松長百尺根入石底蛟龍蟠秋深蘗上露如雨傾流入上明珠圓乘春發生蘗短短根大如指長而堅神農嘗藥最上品氣力直壓鍾乳溫物生禀受乆已異世俗何始分愚賢嘗見野人言柳花入水為浮萍松上露墮地為仙茅陰乾服之益人右方云十斤鍾乳不如一斤仙茅

郴湖久無水悵然成詠

平湖水盡起黄埃惟有長堤萬萬栽病鶴摧頹沙上

舞遊人寂寞岸邊回秋風草木初搓落日莫樵蘇自
往來更識明年春絮起共看飛雪亂成堆

次韻孫戶曹朴椰湖

踈慵非敢獨遺時野性顛狂不受羈猶有曲湖容笑
傲誰言與物苦參差水乾生草曾非惡鶴舞因風忽
自怡最愛椰陰遲日暖幅巾輕屨肯相隨

贈李簡夫司封

平生談笑接諸公歸老身心着苦空往事少能陪晤
語新詩時喜挹清風形骸摩結羸偏健筆札西臺晚
更工笑我壯年常苦病異時何以作衰翁

次贈李簡夫春園

秋色豈相負小園仍有花遶欄吟落日拾徑得殘葩
菊細初藏蝶桐疎不庇鴉遊觀須作意霜雪僅畱槎

題李簡夫葆光亭

逕草侵芒屩庭花墮石臺小庭幽事足野色向人來
坐上烏皮几墻間大瓠罍老成無不可談笑得徘徊

次韻李簡夫因病不出

十五年來一味閑近來推病更安眠鶴形自瘦非關老僧定端居不計年坐上要須長滿客杖頭何用出攜錢未嫌語笑妨清靜閑暇陪公几杖前

張安道尚書生日

出入三朝望愈尊淮陽退卧避喧煩崇高歷遍知皆
妄風俗頻遷氣獨存世事直須勞舊德歸心那復厭
名藩赤松作伴功雖切白髮憂時義所敦仁比高山
年自倍秋逢生日喜盈門知公知命身無禱聊爲生
靈舉壽樽

送劉道原學士歸南康

大川傾流萬物俱根旋脚脫争奔徂流萍斷梗誰復
數長林巨石會須臾軒昂顛倒唯恐後嗟予何獨強
根株三年一語未嘗屈擬學文舉驚當塗心知勢力

非汝敵獨恐清議無遺餘扁舟歲晚告歸覲家膳欲

及蓋尊鱸隱居高節世所尚掛冠早歲還州閭紛紜世事不着耳得失豈復分錙銖投身固已陷泥滓獨立未免遭霑濡君歸左右誰高趣牛毛細數分賢愚

題滑洲畫舫齋贈李公擇學士

牕戶重重向日明船居氣味此中生汀州出没叢花短波浪澄虛兩岸平竄逐南來身未隱安閑感物意猶驚前賢事迹君今似不愧當年畫舫名歐陽公有丞佐是邦而為此齋公擇之謫從亦南來故耳

送王恪郎中知襄州

魏公德業冠當年汝守威名竦漢邊將相傳家俱未遠子孫到處各推賢風流最喜君真似符竹連分政得専峴首重尋碑墮淚習池還指客橫鞭逃亡已覺依劉表寔俊應須禮浩然當有郡人知古意欄街齊唱接羅篇

和張安道讀杜集用其韻

我公才不世晚歲道尤高與物都無著看書未覺勞微言精老易奇韻喜莊騷杜叟詩篇在唐人喜力豪近時無沈宋前輩蔑劉曹天驥精神穩層臺結搆牢龍騰非有迹鯨轉自生濤浩蕩來何極雍容去若遨

壇高眞命將髦乱始知髦白也空無徵敵之豈少衰
論文開錦繡賦命委蓬蒿初試中書日旋聞郿時逃
妻孥隔豺虎關輔暗旌旄入蜀營三徑浮江寄一艘
投人慙下舍愛酒類東臯漂泊終浮梗迂疎濁釣鼇
誤身空有賦捹脛惜無袍卷軸今何益零丁昔未遭
相如元並世惠子謾臨濠得失將誰怨憑公付濁醪

送張公安道南都留臺

識公歲巳深從公非一日仰公如重雲庇我貧賤迹
公歸無留意我處念平昔少年喜文字東行始觀國
成都多遊士投謁密如櫛紛然衆人中顧我好顏色

倡狂感一遇邂逅登仕籍爾來十六年鬓髮就衰白謀身日已謬處世復何益從來學俎豆漸老信典册自知百不堪偶未三見黜譬如溝中斷誰復強收拾高懷絶塵土舊好等金石庠齋幸無事罇俎奉清適居然遠憂患況復取矜式汪洋際海深淡泊朱弦直徇時非所安歸去亦何失道存尚可卷功成古難必還尋赤松子獨就丹砂術恨無二頃田伴公老蓬蓽

傳欽之學士濟源草堂

聞有高居直百金西山南麓北山陰園通濟水池塘好花近洛川顔色深人去節旄分重鎮客來依鶴感

幽吟潩溪兩過西湖漲歸興蕭然定不任欽之時在許州

文與可學士墨君堂

虛堂竹叢間那復厭竹遠風庭響交戛月牖散凌乱
尚恐晝掩關嬋娟不長見中堂開素壁蕭颯起霜幹
隨宜賦生意落筆皆葱蒨根莖雜土石枝葉互長短
依依露下綠冉冉風中展開門視叢薄與此終何辨

故成都尹陸介夫挽詞

擁節西來未一年凄凉道路泣東轅蜀都富樂真當
惜民事艱難誰復論白馬何人趨遠日青蠅盈束更
無言異時歸去逢遺老空聽咨嗟述舊思

次韻梛子玉謫官壽春舟過死丘見寄二首

咼冷曾非簿頗迷幽居渾似未官時忽聞客至驚還喜出見泥深笑不知謀拙未能憂歲計身閑聊可飽晨炊行舟借問何忽草淮口無潮月正虧

獻酬不用辭升斗曲直何勞問尺尋要路風波無恨惡謫居情味最能深交從錦水初無間鄰卜共山巳有心草聖詩豪並神速數因南鴈惠佳音

次韻子瞻潁州晋別二首

託身遊宦鄉終老羨箕潁隱居亦何樂親愛形隨影念兒適吳越霜降水初冷翩然事舟楫棄此室廬静

平明知當發中夜抱虛警永懷江上宅歸計失不猛
人生狥所役有若魚墮井遠行豈易還劇飲終難醒
不如早自乞閑日庶猶求世事非所憂多憂亦誰省
放舟清淮上蕩滌洗心胷所遇日轉勝恨我不得同
江淮忽中斷陂塘何重重紫蟹三寸筐白鳧五尺童
赤鯉寒在汕紅粳滿霜風西成百物賤加飡慰貧窮
胡爲復相念未肯安南東人生免飢寒不受外物攻
不見田野人四壁編茅蓬有食輙自樂誰知富家翁

陪歐陽少師永叔燕潁州西湖

西湖草木公所種仁人實使甘棠重歸來築室傍湖

東勝遊還與邦人共公年未老髮先衰對酒清歎似
昔時功成業就了無事令名付與他人知平生著書
令絶筆閉門燕居未嘗出忽來湖上尋舊遊坐令湖
水生顔色酒行樂作遊人多爭觀竊語誰能呵十年
思潁今在潁不飲耐此遊人何

歐陽公所蓄石屏

石中枯木雙扶踈粲然脉理通飢膚剖開左右兩相
屬細看不見豪髮珠老樗剥落但存骨病松樵悴空
留鬚丘陵迤邐山麓近雲煙澹靄風雨餘我驚造物
巧如此刻畫瑣細供人須公家此類尚非一客至不

識空嗟吁索頭紫雲抱明月床上寒木翻飢烏賦形簡易神自足鄙弄筆墨嗟勤劬天工此意與人競雜山變怪驚羣愚世間淺拙無與敵比擬嬾有公新書月石硯屏及石上寒林棲鶻烏皆公詩所賦

次韻子瞻初出潁口見淮山

清淮此日見滄浪始覺南來道路長𢠸轉山光時隱見船知水力故軒昂白魚受釣收寒玉紅稻堆場列遠岡波浪連天東近海乘桴直恐漸茫茫

次韻子瞻壽州城東龍潭

東行取次閱三州擊鼓清晨復解舟車騎紛紜追過

客歌鍾淒咽動潛蚪宦遊底處非巢燕歸計何嫌請沐猴賴有故人憐遠適慇懃屢勸酒行周

和子瞻渦口遇風

長淮暮生風來自渦河口新舟雖云固波浪亦難受詩來話艱厄驚恐及兒婦憶同泝荆峽終夜愁百首餘颷入幃幄跳沫濺窗牖平生未省見驚顧欲狂走爾來涉憂患漸覺成老醜遲喜波浪中時能飲醇酒

和子瞻濠州七絶

塗山

娶婦山中不肯留會朝山下萬諸侯古人辛苦今誰

信只見清淮入海流

彭祖廟

長說先師似老彭共疑好學古書生不知亦解飡雲母白日登天萬事輕（山有雲母雲彭祖所㨿服）

逍遥臺（莊子墓上祠堂也）

猖狂戰國古神仙曳尾泥塗老更安厭世乘雲人不見空墳聊復葬衣冠

觀魚臺

莊子談空惠子聽郢人斤斧竢忘形莫嗟質喪無知者對石何妨自說經

虞姬墓

布叛增亡國已空摧殘羽翮自令窮艱難獨與虞姬共誰使西來敵沛公

四望亭太和中郡守劉嗣之立李紳為之記今亭廢矣

唐史不聞劉嗣之空傳短李舊歌詩高亭毀盡唯存記猶有區區父老知

浮山洞洞在淮上夏潦不能及而冬不加高故人疑其浮也

洞府元依水面開秋潮每到洞門回幽人燕坐門前石長看長淮船去來

和子瞻泗州僧伽塔

清淮濁汴爭強雄龜山下閟支祁宮高秋水來無遠
近蕩㵮洲渚乘城墉千艘銜尾誰復惜萬人兩泣哀
將窮城中古塔高百尺下有蚣背黃金容蛟龍百怪
不敢近廻風倒浪歸無蹤越商胡賈豈知道脫身獻
寶酬元功至人已立萬物表刼火僅置毛孔中區區
淮汴亦何有一挹可注滄溟東胡為尚與水族較時
出變慳驚愚聾於呼此意不可詰仰觀飛拱凌晴空

次韻子瞻發洪澤遇大風却還宿

昨夜宿鴻澤再來遂如歸却行雖云拙乘險諒亦非
誰言淮陰近阻此駭浪飛長風徑千里蛟蜃相因依

眇然恃一葉此勢安可遠冒涉彼何人勇決生處微
欲速有不達魚服豈足肥風帆尚可轉對廟誰能祈
但當擁衾睡慎閉聰與扉夜聞聲尚懸起視聊披衣

次韻子瞻記十月十六日所見

君不見天高后土黃變化出入唯陰陽旋凝細霧作
飛雹復遣震雷追日光可憐萬物甚微細坐聽百變
隨顛僵深根固蔕無計遯倏來忽返安能防平生未
見實驚耳稍遠不知如隔牆君看歌舞醉華屋下有
纍縶排兩廊眼前苦樂尚懸絕空中造化知有亡我
居宛丘厭凝沍雪翻海水填陂塘但知膏澤利牟麥

觴

恣食鱟餌眞嘉祥山陽所記亦何事有酒胡不盡一

欒城集卷第三

欒城集卷第四

詩七十四首

次韻子瞻廣陵會三同舍各以其字爲韻

劉貢甫

貢甫少多才交遊一何衆談詞坐傾倒玉塵日揮弄逡巡不爲虐巧捷有微中羣情忌超邁微過出嘲諷南遷時已久未見肯力貢舌在終自奇髀滿安足痛人生百年内僅比一朝夢驊騮就消酒斗水傾滿甕江淮未可嫌遲晚聊自送試觀終日閑何似兩耳閧

孫巨源

巨源學從橫世事風討論著書十萬字辯如白波翻
諫垣適多事憂心生病根立談信無補閉口出國門
棄置卧江海閲哩寧復言朝行共長歎逐客繼二孫（謂莘老巨源）
南方固鄉黨謫宦侶鶴猿風俗未寧靜明黨
爭排根引去良自得獨清在澄源徃者未可招冠蓋
方駿奔

劉莘老

莘老奮從步肯與觀國賓儼然自約束被服敝與紳
黽勉丞相府接迹輿臺臣顧嫌任安躁未忍裂坐茵
推置冠獬豸謂言我比鄰三晉固多士骯髒存斯人

竄責不敢辭狂言見天眞南方異風俗強食魚尾莘
應同賈太傅抱歷耻自陳猶有痛哭書受釐定何辰

和子瞻金山

長江欲盡闊無邊金山當中唯一石潮平風靜日浮
海縹緲樓臺轉金碧爪洲初見石頭城城下波濤與
海平中流轉柁疑無岸泊舟未定僧先迎山中岑寂
恐未足復將江水遶山麓四無鄰家羣動息鍾聲鏗
鍧答山谷烏鳶力薄墮中路惟有胡鷹石上宿誰知
江海多行舟遊人上下奪巖幽老僧心定身不定送
往迎來何時竟朝遊未厭夜未歸愛山如此如公稀

不待遊人盡歸去恐公未識山中趣

和子贍焦山

金山遊遍入焦山舟輕帆急須臾間涉江已遠風浪闊遊人到此皆争還山頭冉冉萬竿竹樓閣不見門長閑金山共此一江水只有勝絶無此閑野僧終日飽一飰與世相視如髦蠻門無舟楫斷還往說法教化黿鼉頑偶然客至話鄉國西望落日低銅鐶岷峨正在日入處想象積雪堆青鬟稻田一頃良自給仕宦不返知誰扳久安祿廪畏事廢強弓一弛無由彎行逢佳處輒歎息想見茅屋藏榛菅我知此地便堪

隱稻苗旆旆魚斑斑焦山長老蜀僧也

次韻子瞻遊甘露寺

去國日已遠涉江歲將闌東南富山水跬步晋清歡
遷延廢行邁忽忘身在官清晨陟甘露乘高棄征鞍
超然脫闤闠穿雲撫朱欄下視萬物微惟覺滄海寬
潮來聲洶洶望極空漫漫一一渡海船冉冉移檣竿
水怪時出沒羣嬉類猳豭幽陰白生火青熒復誰鑽
石頭古天險憑恃分權瞞疑城曜遠目來騎驚新觀
聚散定土業成毀猶几圜金山百圍石岌岌隨濤瀾
猶疑漢宮廷屹立承露盤狂波恣吞噬萬古嗟獨完

凝睟厰滉漾迤屋行盤跚此寺歷今古遺迹皆龍鸞
孔明所坐石𨁏𨂪非人刊經霜衆草短積雨青苔寒
蕭翁嗜佛法大福將力干坡隨故鑊在甲錯蒼龍蟠
衞公秉節制佛骨埋金棺長松省百尺畫像晋三歎
新詩語何麗傳讀紙遂刓嗟我本漁釣江湖心所安
方爲籠中閉仰羨天際搏遊觀惜不與賦詠嗟獨難
俸禄藉升斗虀鹽嗜鹹酸何時扁舟去不俟官長彈

李簡夫挽詞二首

老成渾欲盡吊客一潸然遺事人人記清詩句句傳
掛冠踈傅早樂世白公賢歎息風流在埋文得細鐫

又

歸隱淮陽市懲遊十六年養生能淡泊愛客故留連
傾蓋知心晚論詩卧病前葆光塵滿榻無復聽談禪

次韻子擡初到杭州見寄二絶

吏治區區豈不任吳中巳自富才能還應占位書名
姓學取藍田崔縣丞
試盡風波萬里身到官山水却宜人君知晏子恩仍
厚還與從來舊卜鄰

和柳子玉地爐

鑿地泥床不費功山深炭賤火長紅擁衾熟睡朝衙

後抱膝微吟莫雪中寵辱兩忘輕世味氷霜不到傲
天工遥知麻步無人客寒夜清樽誰與同

和柳子玉紙帳

夫子清貧不耐冬書齋還費紙重重牕明曉日從教
入帳厚霜飈定不容京兆牛衣聊可藉公孫布被旋
須縫吳綾蜀錦非嫌汝簡淡爲生要易供

次韻子瞻遊孤山訪惠懃惠思

鳥依山魚依湖但有所有無所無輕舟沿泝窮遠近
肩輿上下更傳呼翩然獨往不携挐兼擅魚鳥兩所
娛困依巖石坐巉絶行牽翠蔓隨縈紆道逢懃思訪

其廬誦詩清切秋蟬孫隱居羞蹈陌上北何人起愛輪下蒲水南巷中羅百夫雞鳴朝謁至日晡人生變化安可料憐汝久遁終無圖梟鸞不足鶴有餘一俯一仰戚與蘧嗟我久欲從逃逋方圓不敢左右摹

宛丘二詠并序

宛丘城西柳湖累歲無水開元寺殿下山茶一株枝葉甚茂亦數年不開轍頃從子瞻遊此每以二物爲恨去秋雨雪相仍湖中春水忽生數尺至二月中山茶復開千餘朶因作二詩奉寄

旱湖堤上柳空多倚岸輕舟柰汝何秋雨連渠添積

潤春風吹凍忽生波蟲魚便爾來無數鳧鴈猶疑未
肯過持詫錢塘應笑我坳中浮芥兩么麽
古殿山花叢百圍故園曾見色依ヒ凌寒強比松筠
秀吐艷空驚歲月非氷雪紛紜真性在根株大老衆
園希山中草木雖携種潦倒塵埃不復歸

贈提刑賈司門青

前年乘舟護南河宛丘官舍酣且憂歌去年持節仟
獄驛車道路日不足今年春風塵土黃遠赴三州議
繇役天子憂民法令新整齊百事無閑人苗耘髮櫛
何時已回首昔遊如夢寐區區學舍曾未知春晚日

長唯有睡才智有餘安得閒踈慵頗我自當然喜君未忘太平事獨稱赦書旌孝子頃城有孝子負土成墳賈豫文陳州請用赦書旌之

同陳述古舍人觀芍藥

藹藹堂西十畝園晚凉迎步綠陰繁共驚春去已多日爭看花開最後番未許狂風催爛熳故將青幄強安存請公作意勤歡賞趁取殘紅照酒罇

次韻子瞻見寄

我將西歸老故丘長江欲濟無行舟宦游已如馬受軛衰病擬學龜藏頭三年學舍百不與糜費廪粟常

慙羞矯時自信力不足從政敢謂學已優閉門却掃誰與語晝夢時作鈞天遊自從四方多法律深山更深逃無術衆人奔走我獨閑何異端居割蜂蜜懷安已久心自知彈劾未至理先屈餘杭軍府百事勞經年未見持千旄賈生作傳無封事屈平憂世多離騷煩刑弊法非公恥怒馬奔車忌鞭箠藐藐何自聽諄諄諤諤未必賢唯唯求田問舍古所非荒畦弊宅今餘幾出從王事當有程去須膰肉嫌無名掃除百憂唯有酒未退聊取身心輕

趙少師自南都訪歐陽少師於潁州留西湖

久之作詩獻歐陽公

公居潁水上德與潁水清身閑道轉勝內足無復營平昔富交遊開門坐常盈退居萬事樂獨恨無友生汝潁亦多士後來非老成趙公平生舊情好均弟兄少年結意氣晚歲齊功名攜手踐廊廟躡足辭鈞衡徜徉里閭間脫略世俗縈輿來忽命駕一往千里輕白髮儼相映元勳各崢嶸人生會面難此會有餘情遨遊西湖中仲夏草木榮壺觴列四坐歌舞羅前楹畫舫極沿泝肴饌並逢迎棹進鳧鴨亂樂作蟲魚驚近寺駢履迹高臺吹笑聲往事語京洛餘歡發吟賡

拳拳主人厚款款來客誠此樂有時盡此好何由傾

次韻子瞻望湖樓上五絶

欲看西湖兩岸山卧乘湖上木蘭船湖山已自隨船

改更值陰晴欲雨天

眼看西湖不憂來簿書無筭撥還開三年屈指渾將

盡記取從今得幾回

湖山欲買恨無錢且盡芳樽對玉盤菱角雞頭應已

厭蟹螯馬頰更勤飡

終日清漪弄短橈久忘車乘走翹翹秋風且食鱸魚

美洛下諸生未可招

滯晉朝市常嬉鬧放棄江湖也未閑孤舫租窮千頃浪肩輿未盡百重山

和柳子玉共城新開御河過所居牆下

卜築共山功欲成新河入縣巧相縈誰將畚鍤千夫力添上園林一倍清生長魚鰕供晚饌浮沉鵞鴨放春聲爲鄰有意非今日丐我餘波伴濯纓

歐陽太師挽詞三首

雄文元命世直氣早成風受任衰遲後安邦反側中廻天深有力竉聖耻言功事已身隨去驚嗟柱石空

又

唐獎文初喪書成法至今維容趨聖處深切可人心
氣力知難繼風流喜不羣懸知 公欲謝異說勇交侵

又

推轂誠多士登龍盛一時西門行有慟東閣見無期
念昔先君子嘗蒙國士知舊恩終未報感歎不勝悲

賦黃鶴樓贈李公擇 公擇知鄂州

前年見君河之浦東風吹河沙如霧北潭楊柳強知
春樽酒相攜終日語君家東南風氣清謫官河堧不
稱情一麾夏口亦何有高樓黃鶴慰平生荆江洞庭
春浪起漢沔初來入江水岸頭南北不相知惟見風

濤湧天地巫峽瀟湘萬里船中流鼓楫四茫然高城枕山望如帶華衮照日光流淵樓上騷人多古意坐忘朝市無窮事誰道武昌岸下魚不如建業城邊水

次韻子瞻餘杭法喜寺緑野亭懷吳興太守

孫莘老

信美非吾土三吳一水中亭高望已極舟入去無窮朝市知安在湖山信有功遨遊逐鳧鴨飲食數魚蛩波浪喧朝夕梅蒸變緑紅逢人問京洛去國長兒童同舍情相接鄰邦信屢通相邀欲相過道里訊溪翁

和子瞻宿臨安淨土寺

四方清净居多被僧所占既無世俗營百事得豐贍
家居每紛薄奉養世寒欠昔年旅東都局促吁已厭
城西近精廬長老時一覘每來獲所求食飽山茶釅
塵埃就湯沐垢膩脫巾譫不知禪味深但取飢腸饜
京城苦煩溷物景費洽染吳都況清華觀剎吐光豔
石矼度空闊泉溜瀉深塹經過未足多終老應長歉

和子瞻自净土步至功臣寺

山平村塢連野寺鐘相答晚陰生林莽落日猶在塔
行招兩社僧共步青山月送客渡石橋迎客出林樾
幽尋本真性往事聽徐說錢王方壯年此邦事輕俠

鄉人鄙貧賤異類識英傑立石象興王遺迹今岌業
功勲三吳定富貴四海中歸來父老藏崇高畏摧壓
詩人巧譏病牛領恣挑抉流傳後世人談笑資口舌
是非亦已矣興廢何倉卒持歸問禪翁笑指浮漚没

次韻子瞻遊徑山

去年渡江愛吳山忽忘蜀道輕秦川錢塘後到山最
勝下枕湖水相縈旋坐疑吳會無復有扁舟屢出凌
濤淵今秋復入徑山寺勢壓衆嶺皆摧顛連峯沓嶂
不知數重重相抱如青蓮散爲雲霧翳星斗聚作潭
井藏蜿蜒欽翁未到人迹絶千里受記來安禪荒榛

野草置茅屋坐令海賈輸金錢至今傳法破煩惱飽食過客容安眠觧裝投錫不復去紛紛四合來烏鳶或言此處猶未好海上人少無煩煎天台鴈蕩最深秀水驚石瘦尤清便青山獨往無不可論說好醜徒紛然終當直去無遠近藤鞋竹杖聊窮年

次韻子瞻自徑山回宿湖上

朝從徑山來決莽徑山色莫從湖上歸滉漾湖光碧借問泛湖舟何似登山屐高懷厭朝市遠去忘憂慄目向幽人青顏從濁醪赤塵埃觧羅網宇宙爲安宅油然了無營此意誰能詰嗟予別離久欲往徒反側

留滯亦可爲空驚突深黑

次韻子瞻題孫莘老墨妙亭

高岸爲谷谷爲陵一時豪傑空飛騰身隨造化不復返忽若野雀逢蒼鷹當年碑刻最深固風吹土蝕消無稜遺文漫滅雨中迹翠石斷裂春後氷古墳欲毀野廟廢行人不去征鞍憑書生躭玩立風雪飢鼯厭苦疲奴憎愛之欲取限無力旋揉翠墨濡黄繒不如好事孫太守牛車徙置華堂登遶墻羅列耀珪璧罷燕起讀晋賓朋却思遺迹本安在原隰處處荒榛藤田夫野老誰復顧鬼火夜照來寒燈廢興聚散一如

此反便溯泗沂人膺

熙寧壬子八月於洛陽妙覺寺考試舉人及還道出嵩少之間至許昌共得大小詩二十六首

洛陽試院樓上新晴五絶

縹緲危譙面面山朝來雲作雨潺潺忽然風卷歸何處百里陰晴反掌閒

嵩少猶藏薄霧中前山遮邐夕陽紅高樓一閉三十日遙憶巖頭種藥翁

伊闕遥臨鳳闕前龍門女几氣蒼然唐朝御路依稀在猶想東巡塵暗天

天壇王屋北侵河嵩比嵩丘一倍多小有清靈今上
在俗緣深重忝成魔
前朝宮闕倚芒山殿閣層層半嶺間猶恐北來岡阜
淺大行東抱故孱顏

和蘋主簿起見贈二首

聲病消磨只古文諸儒經術鬭紛紜不知舊學都無
用猶把新書强欲分老病心情愁見敵少年詞氣動
干雲搜貧報國吾何敢欲補空踈但有勤
一鎖樓中暗度秋微官黽勉未能休笑談容我聊紓
放文字憑君便去留杯酒淋漓已非敵清詩窮耿更

難酬東歸猶得聯征騎同上嵩高望九州

將出洛城過廣愛寺見三學演師引觀楊惠之塑寶山朱瑶畫文殊普賢爲賦三首

寺古依喬木僧閑正莫年爲生向寂寞愛客尚晋連

虛牖羅脩竹空厨響細泉坐聽談舊事遍識洛中賢

又

虛室無尋丈青山有百層迴峯看不足危石恐將崩

聽法來天女依巖老梵僧瀆彌傳納芥觀此信還曾

又

壁毀丹青在移來殿廡深賦形驚變態觀佛覺無心

空色笙竽含妙音風流出吳樣遺法到如今

登封道中三絶

緱山祠

飛仙不返周王子重阜相連少室孫夜靜笙聲兼鶴下迴看惟有故山存

轘轅道

青山欲上疑無路澗道相縈九十盤東望嵩高分草木回瞻原隰湧波瀾

少林寺贈頔起

一徑喬林下黃葉三山翠壁遶禪居共君將住還歸

去欲問安心知己踈少林東接少室北倚石城南臨鳳凰山鳳凰山上有初祖庵二祖問法於此

登嵩山十首

石徑

蒼壁上參天，微徑隨流水。聱牙石齒亂，紛薄黃葉委。牽攀不得上，顛仆幾將止。勉強終此行，更老知難至。

玉女窻

巖竇有虛明，𪛊𪛊發晴曉。真人無儔匹，牕下晨粧早。門開秋雨入，室靜長風掃。絶跡杳難尋，朱顏未嘗老。

擣衣石

玉女雲爲衣飄搖不須擣空傳巖下石夜杵知誰抱

清泉供澣濯素月鋪縞縞人世迫秋寒處處砧聲早

醒心泉

上山苦飢渴中道得寒泉舉瓢石竇響入口煩痾痊

湫流去不見落澗聲鏗然莫歸復相值相從下平川

峯頂寺

重重山前峯上上終非頂行登衆嶺徹始得山門迥

高風慘多寒落日側先暝却視向所經眇如在深井

登封壇

登封事已遥大碑摧風雨靈壇久銷禿古木中梁柱

峯巒至此盡蒼石無寸土俯視萬仞高悲辛但狂顧

法華巖

飛橋走巖居茅屋今已破何年避世僧此地常獨卧
秋風高鳥入夜月寒後過自非心已灰靜極生悲惰

將軍柏 在天封觀即唐避暑宮

肅肅避暑宮石殿秋日冷凜然中庭柏氣壓千夫整
風聲苔蘚鬱雲色通諸嶺材大難為工甘與蓬蒿屏

吳道子畫四真君 在精思觀

浮埃古壁上肅然四真人矯如雲中鶴猶若畏四鄰
坐令世俗士自慚汙濁身勿謂今所無嵩少多隱淪

啓母石

神父化黃熊神母化白石嬰兒剖遐父涕泣何暇卹爾來三千歲往事誰復識惟有少姨存相望居二室

過韓許州石淙莊（水中有石曰淙唐武后幸淙燕群臣於此石刻尚在）

飛泉來無窮發自嵩嶺背奔馳兩山間偶與亂石會傾流勢摧毀泥土久崩潰堅姿未消釋巀嶭儼相對居然受噴激雷轉諸壑内初喧隱深谷稍放脫重隘跳沫濺霏微餘潤洶澎湃宸游昔事遠絕壁遺刻在人迹久寂寥物理係興廢相君厭紛華築室俯湍瀨濯纓離塵垢洗耳聽天籟將追赤松遊自置青雲外

道人亦何者預此事歸計猶恐山未深更種萬株檜

過登封閻氏園

秋暑尚煩襟林泉凈客心菊殘知節過荷盡覺池深踈柳搓山色青苔遍竹陰猶嫌近官道轣轆聽車音

許州留別頓主簿

洛寺相從不出門遶城空復記名園程文堆案晨興早竹簟連床夜語喧歸路逢僧髭容與登山無力強扳援遥知別後都如夢賴有君詩一一存

次韻子瞻祭望海樓五絶

山色潮聲四面來城中金碧爛成堆不愁門外嚴扃

鎖終日憑欄未擬迴
湖色蒼蒼日向斜煙波萬狀不容誇畫船人去浮紅
葉石徑僧歸躡白蛇
樓觀爭高不計層嵦嵦過鴈目相譍錢王舊業依稀
在歲久無人話廢興
荷葉初乾稻穗香驚雷急雨送微涼晚晴相放秋山
色洗却濃粧作淡粧
白酒傾頹膾斫紅晝遊未厭月明中樓高只辨聽歌
鼓不見遊人轉似蓬

和子瞻監試舉人

登科歲云徂，奪學口將落。外遺飢寒侵，內苦憂患鑠。
傳家足墳史，遺說本精約。羣言乂紛蕩，開卷每驚矍。
居官忝庠序，授業止千籥。朝廷發新令，長短棄前矱。
緣飾小學家，睥睨前王作。聲形一分解，道義因附託。
安行厭衢路，強挽就縻縛。縱橫施口鼻，爛漫塗丹雘。
強辯忽橫流，漂蕩終安泊。憶惟法初傳，欲講面先怍。
新科勸多士，從者盡高爵。徘徊始未信，衒誘終難卻。
嗟哉守愚鈍，幾不被譏謔。獨醒慙餔糟，未信恥輕諾。
敢言折鋒鋩，但自保城郭。有司顧未知，還試謬西洛。
羣儒詭號令，新語競投削。雖云心所安，恐異時量度。

詭遇便巧射晚稼由拙妁誰能力春耕忍飢待秋穫

聞兄職在監考較筆仍閣縮手看傍人此意殊未惡

和子瞻煎茶

年來病懶百不堪未廢飲食求芳甘煎茶舊法出西蜀水聲火候猶能諳相傳煎茶只煎水茶性仍存偏有味君不見閩中茶品天下高傾身事茶不知勞又不見北方俚人茗飲無不有鹽酪椒薑誇滿口我今倦遊思故鄉不學南方與北方銅鐺得火蚯蚓叫匙脚旋轉秋螢光何時茅簷歸去炙背讀文字遣兒折取枯竹女煎湯

次韻子瞻對月見憶并簡崔度

先師客陳未嘗飽弟子千今敢言巧敗牆破屋秋雨多夜視陰精過畢昂虀鹽冷落空盃盤且依道士修還丹丹田發火五臟暖未補漫漫長夜寒我生疲駑戀丘崔翁遊邊指北斗唯有王江亦未歸閉門無客邀沽酒宛丘道人王江好飲酒去冬游沉丘遂不歸

和子瞻開湯村運鹽河雨中督役

興事常苦易成事常苦難不督雨中役安知民力殫年來上功勳智者爭雕攢山河不自保疏鑿非一端譏訶西門豹仁智未得完以方勇自許未卹衆口歎

天心閔劬勞雨溝為洗瀾不知泥濘中更益手足寒
誰謂邑中黔鞭箠亦不寬王事未可回后土何由乾

次韻子瞻雨中督役夜宿水陸寺二首

雲氣連山雨瀉瓮莫投僧舍欲關門暫時洒掃寬行
役終夕崎嶇入夢魂煩熱暗消秋簟冷烝濡未解夜
燈昏二年游宦多勞苦何日相從得細論
野寺蕭條厭客喧雨披脩竹亂紛紛然已因無食聊從
仕深悟勞生不問禪未至莫憂明日事偷閑且就此
宵眠天明歸去茫鞋滑韡有籐輿懶上肩

次韻子瞻將之吳興贈孫莘老

宦遊莫向長城窟冬氷折膠弦亦絶吳中臘月百事
便蟹煮黄金鱸鱠雪京城舊友一分散近憶吳興湏
蒳頗世事反覆如翻飛今日共緜前益垂畏人但恐
去不遠適意未覺歸來遲借問校讎天禄閣何如江
海同遊嬉

和子瞻畫魚歌吳人以長鱙加杖頭以杖畫水取魚謂之畫魚

潜魚在淵安可及垂餌投竿易如拾横江設網雖不
仁一瞬未移収百十畫魚何者漫區區終日辛勤手
拮据已嫌長綱不能遍肯信一竿良有餘鯤鯢駭散
蛟龍泣獲少驚多亦何益願從網罟登君庖碎首屠

鱗非所惜

欒城集卷第四

欒城集卷第五

詩六十六首

次韻子瞻吳中田婦歎

久雨得晴唯恐遲既晴求雨來何時今年舟楫委平地去年簑笠爲裳衣不知天公請然怒棄置下土塵與泥丈夫強健四方走婦女齷齪將安歸揭然四壁倚機杼收拾遺粒吹糠粃東鄰十日營一炊西鄰誰使救汝饑海邊唯有鹽不旱賣鹽連坐收嬰兒傳聞四方同此苦不關東海誅孝婦

次韻子瞻遊道場山何山

兩山相負爲峯麓流水重重注溪谷遊人上尋流水
源未覺崎嶇病雙足山深下視雲漫漫徑歪石底千
盘盤松林陰森白日靜忽驚人世如奔湍客行不避
苦寒出僧定端居不下席人生嗟與草木同置身所
在由初楨堂中白佛青髻鬟氣象冲淡非人間坐令
遠客厭奔走徑欲築室依空山木魚根根夜將旦星
斗欹斜掛山半行役有程未可留將出山門復長歎

癸丑二月重到汝陰寄子瞻二首

憶赴錢塘九月秋同來穎尾一扁舟退居尚有三師
在好事須爲十日留傾瀉向人懷抱盡忠誠爲國始

終憂重來東閣皆壓土淚滴春風自不收

百頃西湖十里源近依城郭帶川原古臺駊騀先臨水野寺參差半掩門遠泛便成終日醉幽尋不盡數家園錢塘未到能先說更看青山兩岸屯

次韻子瞻二月十日雪

春雪漫天密又稀匀世失據走靈威故欺貧寠冬冬衰盡巧助遨遊酒盞飛林下細花添百草堦前輕素剪新機老農先解憂桑柘九月家人當授衣

和子瞻題風水洞

風送江湖瀟洞天洞門可聽入無緣土囊鬱怒聲初

散石齒聲牙勢未前樂奏洞庭真跌宕歌傳帝所亦
清便何人隱几觀遺韻重使顏成問嗒然

次韻子瞻新城道中

春深溪路少人行時聽田間耒耜聲飢就野農分餉
黍迎嫌尉卒鬧金鉦閑花開盡杏仍在白酒沽來壓
未清此味暫時猶覺勝問兄何日便歸耕

次韻子瞻山村五絕

山行喜遇酒旗斜無限桃花續杏花與世浮沉真避
世將家漂蕩似無家
睦間白水細潺聲日暖泥融草不生似恐田家忘帝

力多差使者山催耕
旋舂紅稻始經鐮新煑黃雞取次斟無慕無營人自
樂莫將西子愧無鹽
升平事業苦怱怱未信浮名到底空何用槖馳朝寒
外試聽碌軸語場中
貧賤終身未要羞山林難處便堪愁近來南海波尤
惡未許乘桴自在遊

次韻子瞻遊富陽普照寺

塵埃日已遠斗藪吏無餘寺到逢門入詩成信手書
山深僧自樂路遠客終疎訪盡前朝景它年一告予

次韻子瞻自普照入山獨遊二庵

披榛入山山路細，鐘聲出寺門將閉。石苔冊冊上芒鞋，草露溥溥著衣袂。野人茅茨苦竹屋，終身局促無生計。天公未省長困人，春田米盡秋田繼。老妻稚子亦自樂，野草山花還揷髻。長笑人間醉未醒，終老辛勤漫欺世。

次韻子瞻與蘇世美同年夜飲

晚歲事遊宦，相從未嘗足。美君四海皆兄弟，棧中直木不容曲。臨安老令況同科，私逢豈厭樽中醁。潦倒誰憐澗底松，歲寒尚有霜前竹。聞道渠家八丈夫，它

日歸耕免幽獨

次韻子瞻病中遊虎跑泉僧舍二首

掃地開門松檜香僧家長夏亦清涼公庭多事久來

厭靜處安眠計甚長脩竹塡窗藤簟緑白蓮當戶石

盆方香廚晚飰紅粳熟忽憶烹雞田舍甞

澗谷新晴草木香野情消散自生凉雨添山色翠將

溜日轉松陰晚更長病客獨來唯有睡遊僧相見亦

它方還家煩熱都消盡不信醫王與藥甞

和子瞻東陽水樂亭歌

君不見武安前堂立曲旃官高利厚多姦患又不見

夏侯好妓貧無力簾箔爲衣人莫識兩人樂行雖不同辛苦經營實如一　不如君家激水石中流聽之有聲百無憂笙竽窈眇度溪谷琴筑淒咽穿林丘高人處世心淡泊衆聲過耳皆爲樂退食委虵石上眠幽音繼續床前作正如古人樂易多歡娛積土爲鼓塊爲桴但能復作太古意君家水樂真有餘

次韻子瞻有美堂夜歸

飲闌鐘虡欲移軒香霧猶殘金博山明月飛來松嶺外遊人散落馬蹄間城嚴晝鼓初傳角路暗山花自落鬟清境暫時都不見夜深人靜始來還

次韻子瞻祈雨

世故紛紛誰復閑蛟龍不雨獨安眠人間已厭三秋旱澗底猶慳一掬泉廟令酒殺時醉飽田家糠粃久安便憂心未已誰知邸吏更把爐香試一燃

次韻子瞻再遊徑山

我兄東南遊我亦夢中去徑山聞已熟往意穿雲霧夢經山前溪足冷忽先渡舉頭雲峯合到寺霜日莫香廚饌巖蔌野徑踏藤屨平生共遊處蹇足躡高步崎嶇每生胝眩晃屢回顧何年棄微官携手衆山路

得此詩後夢與兄同遊山中故為此篇

王仲儀尚書挽詞

謝公德業久彌新幼度英奇也絶倫父子俱賢真不朽功名自致豈相因邊亾屢動思良將廷論蕭條憶諍臣青史世家他日事新芊宿草倍沾巾

次韻范景仁侍郎移竹

雙檜生南戸叢筠種北墻交陰奉君子爲伴老中堂露洗秋堦緑風含夏簟凉栽花知已誤新上一番霜

寄題蒲傳正學士閬中藏書閣

朱欄碧甃照山隈竹簡牙籖次第開讀破文章隨意得學成富貴逼身來詩書教子真田宅金玉傳家定

糞灰更把遺編觀得失君家舊物豈須猜

自陳適齋戲題

庠齋三歲最無功羞愧宣王禄萬鍾猶欲談經誰復信相招執籥便須從陳風淸淨眠眞足齊俗疆梁懶不容久爾安閑長自怪此行磨折信天工

送董揚休比部知眞州

奏課西南最分符江海衝往來觀惠術蟠錯試餘鋒文字從堆案尊罍疆解容金山只隔水時復聽晨鐘

送排保甲陳祐甫

我生本西南爲學慕齊魯從事東諸侯結綬濟南府

誰言到官舍旱氣裂后土飢饉費囷倉剽奪驚桴鼓緬焉禮義邦憂作流亡聚君來正此時王事最勤苦驅馳黃塵中勸説野田父穰穰百萬家一一連什伍政令當及期田閭賁安堵歸乘忽言西劬勞共誰語

送韓祗嚴户曹得替省親成都

宦遊東土暫相依政役頻煩會合稀每侍詳明容老病不堪羈旅送將歸思親道路寧論遠入蜀山河漸覺非我有舊廬江水上因君聊復夢魂飛

和孔教授武仲濟南四韻

環波亭

南山迤邐入南塘北渚岧嶢枕北墻過盡綠荷橋斷處忽逢朱檻水中央鳥鷺聚散湖光浄魚鼈浮沉尾影凉清境不知三伏熱病身唯要一藤床

北渚亭

西湖已過百花汀未厭相携上古城雲放連山瞻嶽麓雪消平野看春耕臨風舉酒千鍾盡步月吹笳十里聲猶恨雨中人不到風雲飄蕩恐神驚

鵲山亭

築臺臨水巧安排萬象軒昂發瘞埋南嶺崩騰來不盡北山斷續意尤佳平時戰伐皆荒草水日登臨慰

病懷更欲晋詩題素璧坐中誰與少陵偕

檻泉亭

連山帶郭走平川伏澗潛流發湧泉洶洶秋聲明月夜蓬蓬曉氣欲晴天誰家鵝鴨橫波去日暮牛羊飲道邊滓穢未能妨潔浄孤高每到一依然

踏藕

春湖柳色黄宿藕凍猶僵翻沼龍蛇動撑船牙角長清泉浴泥滓齧齒碎氷霜莫使新梢盡炎風翠蓋凉

和李誠之待制燕别西湖并叙

熙寧六年九月天章閣待制李公自登州來守此

邦愛其山川泉石之勝怡然有久留之意此邦之人安公之惠亦欲公之久於此也然自其始至而民知其方將復用懼其不能久矣明年二月詔書移牧河間邦之父兄皆惜其去雖公亦將留焉而不可得也於是數與其僚燕於湖上曰北方幸安余將復老於此酒酣賦詩以別從而作者三人公平生喜爲詩所至成編及來此邦而未嘗有所爲故尤貴之遂相與刻於石以慰邦人之思焉

東來亦何恃夫子此分符談笑萬事畢樽罍衆客俱
高情生遠岫清興發平湖坐使羈遊士能忘歲月徂

縱歡真樂易恨別不須臾廟幄新謀帥河間最近胡
安邊本餘事清賞信良圖應念茲園好流泉海內無

送李誠之知瀛洲

少年學詩書晚歲探至道豈伊封疆臣乃是廊廟寶
苦恨富貴遲聲名得空早憶惟西羌桀始建元戎纛
恩威炳朝日號令靡秋草功勳不容究孤高易摧倒
歸來易三邦但養胷中顥寧知北邊將還須用耆老
春風吹旌旆先聲遍城堡往事安足懲遺黎待公保

西湖二詠

捕觀漁

西湖不放長竿入羣魚空作淘河食漁人攘臂下前
汀蕩漾清波浮兩腋藕梢菱蔓不容網箔作長圍徒
手得逡巡小舟十斛重踊躍長魚一夫力揶條穿頰
洗黄金鱠縷堆盤雪花積燒雉香橙巧相與白飰青
蔬茸莫逆食罷相携堤上步將散重覓葉家白人生
此事最便身金印垂腰定何益

食雞頭

芡葉初生縐如縠南風吹開輪脫轂紫苞青刺攢蝟
毛水面放花波底熟森然赤手初莫近誰料明珠藏
滿腹剖開膏液尚模糊大盎磨聲風雨速清泉活火

曾未久滿堂坐客分升掬紛然咀噍惟恐進勢若群雛方脫粟東都每憶會靈沼南國陂塘種尤足東遊塵土未應嫌此物秋來日嘗食

次韻孫推官朴見寄二首

家恤未能憂悄悄得閑時復醉昏昏知君亦學無言語豈悟維摩不二門

病懶近來全廢學宦遊唯是苦思鄉粗知會計猶堪仕貪就功名有底忙懷舊暗聽秋雁過夢歸偏愛曉更長故人知我今何念擬向東山賦首章

送張正彥法曹

憶見君兄弟相攜謁侍郎通經誇早歲落筆盡成章試劇何風發當官便激昂三年知力竭大府覺才長知已未如格歸貲纔滿囊舊書還讀否師説近凄凉君以三傳及第今廢此學

送青州簽判俞退翁致仕還湖州

不作淸時言事官海邦那久復盤桓早依蓮社塵緣少新就草堂歸計安富貴暫時朝露過江山故國水精寒宦遊從此知多事收取楞伽靜處看

和青州教授頓起九日見寄

歲月飄然風際煙紫萸黃菊又霜天莫思太室杉松

外且醉青州歌舞前（昔年與質君同登嵩頂時正重九）杯酒追歡真
一夢天涯回望正三年近來又欲東觀海聽説毛詩
雅頌篇（君善講詩）

題徐正權秀才城西溪亭

竹林分徑水通渠真與幽人作隱居溪上路窮惟畫
舫城中客至有罾魚東來只爲林泉好野外從教簿
領踈不識徂徠石夫子兼因女壻覓遺書（徐生石介女壻也）

和子瞻喜虎兒生

生男如狼猶恐尫寅年生虎慰翁孃汝家家世事文
史門户豈有空剛强識看猛虎在山谷斧牙鉤爪旗

尾掛徐行當道擇牛羊狐貍驚走熊豬忙我今老病
思退藏生子安得尚激昂不見伯父擅文章逡巡議
論前無當

次韻子瞻病中贈提刑段繹

京東分東西中劃齊魯半兄來本相從路絶人長嘆
前朝使者還手把新詩玩憐我久別離卷帙爲舒散
誰言窮陋邦得此唱酬伴相逢傾蓋間晤語何旦旦
宦遊少娛樂纏縛苦文案能於王事餘時作楚詞亂
胷如近膏油未肯忘濯盥賢豪真勉強功業畏遼緩
伊余獨何爲舊籍西南貫竊禄未遑歸自笑嗟已懦

方當四海寒[illegible]此一寸炭主勸客欲留逡廵要奪館
柰何獨見收軟語強温煖此意定難酬還予授子槊

次韻子瞻賦雪二首

麥苗出土正纖纖春早寒官令尚嚴雲覆南山初半
嶺風乾東海畫成鹽來時瞬息平吞野積久歆危欲
敗簷強付酒樽判醉熟更尋詩句闘新尖
點綴偏工亂鵠鴉淹留亦解惱船車乘春巳覺矜餘
力騁巧時能作細花僵凍墮鵰誰得罪敗墻破屋若
爲家天公愛物遥憐汝應是門前守夜乂是歲京師雪尤甚

鷟東一先
如積

次韻韓宗弼太祝送遊太山

羨君官局最優游笑我區區學問囚今日登臨成獨往終年勤苦粗相酬春深綠野初開繡雲解青山半脫裘回首紅塵讀書處煑茶留客小亭幽

次韻劉敏殿丞送春

春去堂堂不復追空餘草木弄晴暉交遊歸鴈行將盡蹤跡鳴鳩懶不飛老大未須驚節物醉狂兼得濫危機東風雖有經可在芳意從今日日非（四月十一日立夏）

次韻趙至節推首夏

首夏尋芳也未遲遶園紅紫尚非非無心與物真皆

可有酒逢人勸莫遣夢逐楊花無限思身慙啼鳥不如歸宫居寂寞如僧舍海燕憐貧故入扉

次韻李昭叙供備燕別湖亭

池亭雨過一番凉雲髻羅裙客兩旁不覺行人離恨遠貪看積水照筵光滿堂樽俎歡方劇極目江湖意自長歸去伊川灑酒地不須遺念屬清湘

送李昭叙移黎陽郛監歸洛省親

與君非舊識傾蓋便相親共事林泉郡忘歸南北人煮茶流水曲載酒後湖濱未覺遊從厭空驚別恨新潁河今重地知巳舊元臣洛下聞雞犬家書不淡旬

西還倚門罷北渡羽書頻忠孝傳家事風流待一振

遊太山四首

初入南山

自我來濟南經年未嘗出不知西城外有路通石壁
初行澗谷淺漸遠峰巒積翠岕互舒卷耕擗隨攲側
雲木散山阿逆旅時百室兹人謂川路此意屬行客
又遊自多念怨誤向所歷嘉陵萬壑底棧道百迴屈
崖巘遞峥嶸征夫時出没行李雖云艱幽邃亦已劇
坐緣斗升米被此塵土厄何年道褒斜長嘯理輕策

四禪寺

山蹊容車箱深入遂有得古寺依巖根連峯轉相揖樵蘇草木盡佛事亦蕭瑟居僧麋鹿人對客但羞澁雙碑立風雨八分存法則云昔義靖師萬里窮西域華嚴貝多紙歸來手親譯蜕骨儼未移至今存石室遺文盡法界廣大包萬億變化浩難名丹青畫京邑粲然共一理眩晃莫能識末法漸衰微徒使真人泣

靈巖寺

青山何重重行盡上最高日氣薄秀色如新洗入門塵慮息盥漱得清泚高堂見真人不覺首自稽祖師古禪伯荊棘昔親啓人跡尚蕭條豺狼夜相觝

白鶴導青泉甘芳勝醇醴聲鳴青龍口光照白室陛
尚可滿畦塍豈惟灌蔬米居僧三百人飲食安四體
一念但清凉四方盡兄弟何言鹿華屋食苦當如薺

嶽下

東來亦何求聊欲觀海岱海西尚千里將行勇還退
岱陰即齊疆南徙曾歷塊春深草木長山暖冰雪潰
中巷無居人南畝釋耕耒車徒八方至塵坌百里內
牛馬汗淋漓綺紈聲綷縩喧闐六師合洶湧衆流匯
無復問誰何但自舍眈愛龍鸞畫車服貝玉飾冠佩
騂騮蹴騰騫幡旆飛𢄼𣊬腥羶及魚鼈瑣細或蒲菜

遊墮愧無齋技巧窮殊態縱觀騁末已精意殫一醉
出門青山屯遶廊遺迹昧登封尚壇壝古觀寫旗隊
戈矛認毫末舒卷分向背雍容太平業磊落豐碑在
往事半蓬蒿遺祇但悲慨回瞻最高峯遠謝徂徠對
欲將有限力一放目所迨天門四十里預恐雙足廢
三宿遂徘徊歸來欲誰懟前年道轘轅直上嵩嶺背
中休強飲食莫宿特盥頮稍知天宇寬不覺人寰穢
歲特未云乂筋骸老難再山林無不容疲茶坐自礙
自知俗緣深畢老守閭閻何當御清風不用車馬載

送王璋長官赴眞定孫和甫辟書

昔年旅南服始識王荆州戍動千里肅恩寬行客前
從容見少子風采傾凡儕混然吐詞氣已覺壽且脩
不見十五年相逢話百憂青衫走塵上白髮各滿頭
新藥東海邑頗從北諸侯北鄙事方夥飢饉連戈矛
盟好未可輕念當事懷柔主將今老成勉盡良計籌

寄孫朴

憶昔補官太皞墟泮宮蕭條人事疎日高軒睡聲嘘
嘘往還廢絶門無車君為尸曹畏簡書放懷疎懶亦
似余相逢語笑夜躊躇烹煮梨栗羞殺蔬官居一夫
真蘧廬東來失計悔厥初夜聞桴鼓驚閭閻事如牛

毛費耘鉏遺失眞性從史胥目視紾臂邀徐徐美君

不出心自如北潭秋水多芙蕖青荷包飣蒲爲菹餚

然獨徃深淵魚人生如此樂有餘胡爲自投檻中俎

和韓宗弼暴雨

執熱卧北窓淋漓汗流注蛟龍遁水府誰起叩天戶

倘然終日風振攪北山霧崩騰轉相軋變化不容睹

雷聲運車轂雨點傾豆黍逡巡溜可濯指顧纔笑語

破屋少乾床茅苫固難禦出門泥没足此厄比鄰溥

苟令終歲熟敢有今日怒晚照上東軒清風襲虛廡

微生免荷鉏但喜脫煩暑農父更事多鈌塘已增土

舜泉復發

欒欒清波舊遶城，旱來泉眼亦塵生。連霄暑雨涼初接，發地春雷夜有聲。後理溝渠通屈曲，重開池沼放澄清。通衢細灑浮埃淨，車馬歸來似晚晴。

次韻徐正權謝示閔子廟記及惠紙

西溪秋思日盈牋，幕府拘愁學乂騫。記廟終慙無好句，酹墳猶喜有前篇（先生作祭閔子文）。并除筆硯真良計，爲寄交遊畏麥傳。吳紙贈君君莫悕，耕耘廢罷有閑田。

張文裕侍郎挽詞

持節西南二十年，華堂遺像已蒼然。歸來侍從三朝

舊老去雍容平地仙落筆縱橫題壁處誦詩清壯舉
林前東遊邂逅迎歸旐淚落城南下馬阡

東方書生行

東方書生多愚魯閉門誦書口生土窓中白首抱遺
編自信此書傳父祖辟雍新說從上公冊除僕射酬
元功太常子弟不知數日夜吟諷如寒蟲四方窺覘
不能得一卷百金猶復惜康成穎達棄塵灰老聃瞿
曇更出入舊書句句傳先師中途欲棄還自疑東鄰
小兒識機會半年外舍無不知乘輕策肥正年少齒
踈脣腐眞堪笑是非得失付它年眼前且買先騰踔

送韓宗弼

大野將凍河水徹慨然臨流送將歸登舟上帆手一揮脫棄朋友如弊衣我來三見芳草腓來時同祭今已非念昔相從未嘗遠西湖幽遠人事稀青蓮紫芡傾珠璣白魚掉尾黃鱉肥客醉將起命闔扉方橋月出風露霏星河下照揮清輝喧呼笑語相嘲譏歲月一逝空長欷交遊去盡將誰依君家漢代平與常譪然令德傳餘徽鳴鳩著地鴻高飛安得久此同縶羈

送劉長清歟

汝州太守卧病年豐壘尚復能清言平生雄辯嗟不

見風流尚有曹州存歷下東遊少相識歡喜聞君在西邑舊知兄弟無凡儔相逢一笑開顏色三年政令如牛毛思歸南畝皆蓬蒿羨君飲酒動論斗引航向口收狂潮醉後胸中百無有偃然嘯傲傾朋曹中朝卿士足官府君歸何處狂詞謠劉原甫自長安病歸余始識之

汝尚將歸吳興齊州記室蘇子由辱詩爲送因逐韻謝之云

釋褐從軍叅濫官已衰能復尚盤桓爾來齒髮羞相問乞有衡茅覓自安使我襟懷遺內熱誦君詩句藥人寒知誰便是知音者且作巖溪雪景看

高祖郎中頊蒙　以御史召力辭不允解組而歸先生作詩以送之　高祖溪堂集中

亦嘗賡和淳熙丁未𡻕假守鈞陽謹刊篇末

欒城集卷第五

欒城集卷第六

詩一百首

題張安道樂全堂

天命無不全人事每自傷譬如摩泥珠宛轉有餘光
藻飾不能加塵垢豈有亡世人未嘗識姑射手自將
我公體自然率性非勉強驅馳四十年不入憂患場
晚歲事蒙養斂退就此堂小儒豈知道宿昔窺門牆
申屠師無人無足亦自忘如逢鄭執政一笑先生傍

和鮮于子駿益昌官舍八詠

桐軒

桐身青琅玕桐葉蒲葵扇落落出軒墀亭亭奉閒燕
夜聲踈雨滴午影微風輔秋颷一凌亂淅瀝驚愁倩
朝日失繁陰青苔覆遺片空使坐中人慨然嗟物變

竹軒

幽軒離紛華惟有一叢竹纖梢起餘寒紫籜散輕馥
擢幹春雨餘挺節秋霜足不知歲時改守此娟娟緑
上有吟風蟬空腹未嘗食剪伐非所辭不受塵土辱

栢軒

室築城市闇移栢南澗底山林夙所尚封植聊自寄
崎嶇脫巖石擁塞出棼翳上承清露滋下受寒泉惠

秋來采霜葉咀嚼有餘味苦澁未須嫌愈久其如薺

巽堂

山前三秦道車馬不遑息日出紅塵生不見青山色峯巒未嘗改往意自奔迫誰言幽堂居近在使者宅俯聽辨江聲却立睨石壁藤蘿自太古松竹列新植暑簟卧清風寒樽對佳客試問東行人誰能同此適

山齋

平地厭喧囂虛齋上山足肅條遠城市坡陁富林麓簡書日填委杖屨每幽獨豈無山中士高卧白茅屋逢人默無語長嘯響巖谷此室庶可招夜月相從宿

閑暇亭

登山稍已高，曠望良亦遠。危亭在山腹，物景行自變。諸峰宿霧收，草木朝陽絢。𥁞𥁞雲出山，溜溜泉垂坂。徐行得佳處，永日遂忘返。此樂只自知，傍人任譏懶。

會景亭

亭高衆山下，勝勢不自收。岡巒向眼盡，風籟與耳謀。鳶飛半嶺息，雲起當空遊。視身如乘風，超然忘百憂。暮歸室中坐，唯見窗戶幽。視聽隨物變，恍誰識其由。

寶峯亭

昔過益昌城，莫登君子堂。篤言念長道，未假升崇岡。

今聞寶峰上縹緲陵朝陽三休引蘿蔓一覽窮蒼茫微雲霧雙劍落日明故鄉奔馳迹未安山藪意自長漂搖萬里外手把新詩章宦遊不忘賦何異鳥欲翔塵土汙顔面年華侵鬢霜何時首歸路所至聊徬徨樽俎逢故人亭榭凝清光爲我具斗酒宿恨猶可償

次韻分司南京李誠之待制求酒二首

世上升沉都夢裏春來强健鬭樽前公田種秫全拋却坐客無氊誰與錢

春深風雨半相和節物令人意緒多中酒何須問賢聖和詩今尚許羊何

送施歷城辯歸常州

高人不受塵土侵三年浙江藏何深久閑物理有相復歷城官事森成林秉時欽散逐十二鞭撻逋負徒哀矜一杯相屬未嘗得百畝歸去將安能潛逃雖出知者後黽勉尚見仁人心歸期忽告三月尾強留不顧千黃金河豚雖過鱸鱖作粳稻正揮風雨浮酒有勞苦蹇隣里期會迫臨思憭明山川吳越我所愛扁舟佗日要追尋滯留未用便相詫半年歲月行駸駸

施君既去復以事還戲贈

令尹西行去又廻西湖黿把舊樽壘吏氏再見雖栖

乘猶逭吾公挽不來

和文與可洋州園亭三十詠

湖橋

湖南堂宇深湖北林亭遠不作過湖橋兩處那相見

横湖

湖裏種荷花湖邊種楊柳何處渡橋人問是人間否

書軒

緑竹覆清渠塵心日日疎使君遺癖在苦要讀文書

水池

水深氷亦厚滉蕩鋪寒玉好在水中魚何愁池上鷺

竹塢

空陂放脩竹肅肅復冥冥莫除塢外筍從使入園生

荻浦

離披寒露下蕭索微風觸摧折有餘青從橫未須束

蓼嶼

風高蓮欲衰霜重蓼初發會使此池中秋芳未嘗歇

望雲樓

雲生如涌泉雲散如翻水百變一凭欄悠悠定誰使

天漢臺

臺高天漢近匹練掛林端秋深霜露重誰見落西山

待月臺

夜色何蒼蒼月明又未上不上皆城臺無柰東南嶂

二樂榭

動静惟所過仁智亦偶然誰見二物外猶有大地全

灢泉亭

泉來草木滋泉去池塘滿委曲到庭除清冷備晨盥

吏隱亭

隱居亦非難欲少求易遂有意未成歸聊就茅簷試

霜筠亭

林高日氣薄竹色净如水寂歷漸人聲時有鳴禽起

無言亭

處世欲無言事至或未可如有此亭空燕坐聊從我

露香亭

重露覆千花繁香凝畦圃不忍日將晞散逐微風去

涵虛亭

虛亭面踈篁窈窕衆景聚更與坐中人行尋望來處

溪光亭

溪亭新雨餘秋色明滉瀁鳥渡夕陽中魚行白石上

過溪亭

溪淺復通橋過者猶恨懶賴有沙上鷗常爲獨遊伴

披錦亭

春晩百花齊緜緜巧如織細雨洗還明輕風卷無迹

禊亭

觴流無定處客醉醒還酌毋令仲御歌空使人驚愕

薝蔔軒

開花濁水中抱性一何絜朱檻月明時清香爲誰發

荼蘼洞

猗猗翠蔓長藹藹繁香足綺席墮殘英芳樽漬餘馥

篔簹谷

誰言使君貧已用谷量竹盈谷萬萬竿何曾一竿曲

寒蘆港

蘆深可藏人下有扁舟泊正似洞庭風日莫孤帆落

野人廬

野人三四家桑麻足生意試與叩柴荆言辭應有味

此君庵

風梢遶簷直霜幹當窗浄遥知素壁上醉墨森相映

與可墨竹冠絶今古

金橙逕

葉如石楠堅實比霜柑大穿逕得新苞令公憶鱸鱠

南園

官是勸農官種桑亦其所安得陌上人隔葉攀條語

北園

使君美且仁遍地種桃李豈獨放春花行看食秋子

次韻吳興李行中秀才見寄幷求醉眠亭詩

二首

才堪簿領更無餘贏得十年閑讀書寵辱何須身自

試窮愁不待酒驅除故人歸去無消息佳句新來屬

卷舒前日使君今在此不妨時復置雙魚李公擇吳興時移守齊州

右和見寄

是非一醉了無餘唯有胷中萬卷書已把人生比蘧

傳吏將江浦作階除欲眠賓客從教去倒卧氍毹豈暇舒京洛舊遊真夢裏秋風無復憶鱸魚

右醉眠亭

和子瞻玉盤盂二首東武蘇莒公家園中千葉白芍藥子瞻新為此名

千葉團團一尺餘楊州絕品舊應無賞傳莒國遷鍾虡移憶胡僧置鉢盂叢底留連傾鑿落鉼中捧擁照浮屠強將絳蠟封紅蕚憔悴無言損玉膚

故相林亭父老知出羣草木尚何疑無多産業殘花藥幾許功名舊鼎彝豐艷不知人世别佳名新換使君詩明年會看花尤好剥盡浮苞養一枝

寄題密州新作快哉亭二首

車騎崩騰送客來奔河斷岸首頻回繫成户牖功無幾放出江湖眼一開景物為公爭目致登臨約我共追陪自矜新作超然賦更擬蘭臺誦快哉

檻前濰水去浤浤洲渚蒼茫煙柳勻萬里忽驚非故國一樽聊復對行人謝安未厭頻攜妓汲黯猶須卧理氏試問沙囊無處所于今信怯定非真

贈馬正卿秀才

男兒生可憐赤手空腹無一錢死喪三世委平地骨肉不得歸黄泉徒行乞丐買墳墓冠幘破敗衣褎穿

矯然未肯妄求取耻以不義藏其先辛勤直使行路
泣六親不信相尤怨問人何罪窮至此人不敢尤其
怨天孝慈未省鬼神惡兄弟寧有木石頑善人自古
有不遇力行不廢良謂賢

答文與可十首

遠遊既爲東魯遷居又愛南山齒髮自知將老心懷
且欲偷安

舜井溢流陌上歷山近在城頭羈旅三年忘去故園
何日歸休

野步西湖緑縟晴登北渚煙縣蒲蓮自可供腹魚蟹

何嘗要錢
飲酒方橋夜月鈎魚畫舫秋風冉冉荷香不斷悠悠
水而無窮
雨過山光欲溜寒來水氣如烝勝處何須吳越隨方
亦有遊朋
揚雄執戟雖久陶令歸田未能眼看雲山無奈神傷
簿領相仍
終歲常親鞭朴此生知負詩書欲尋舊學無處時有
故人起予
故人遠在江漢萬里時寄聲音聞道禪心寂寞未參

詩人苦吟

佳句近參風雅，微詞間發離騷。竊欲比君庾信，莫年詩賦尤高。

相思欲見無路，滿秩西歸有時。及君鈴閣少事，飲我松醪滿巵。

次韻李公擇寄子瞻

青蒲一下復東來，擁扇西風滿面埃。擊柝自營何擇地，鋪糟同醉未須回。孤高振鷺瞻初下，淡泊嬰兒及未孩。我亦漂流家萬里，年來羞上望鄉臺。

次韻李公擇以惠泉答章子厚新茶二首

無錫銅瓶手自持新芽顧渚近相思故人贈答無千里好事安排巧一時蟹眼煎成聲未老兔毛傾看色尤宜槍旗攜到齊西境更試城南金線奇金線泉在齊州城南

新詩態度靄春雲肯把篇章妄與人性似好茶常自養交如泉水久彌親睡濃正想羅聲發食飽尤便粥面勻底處翰林長外補明年誰送雪溪春

和李公擇赴歷下道中雜詠十二首

泛清河

南北無多水崎嶇未捨船何時好霖雨足處有通川墳壠看書卷興亡指顧塗蒼茫千秋節猶復軾愚賢

將至桃園阻淺月風不得進

卷沉倚棹淺河滸憶泛長江步步新未免生涯寄帆
浪不堪舟得委埃塵往來欲就沙囊堰深淺時看舉
策頻一望雲霓百憂集應思平地隱居人

桃園阻淺俯易小舟一夜水大至復來便風
頃刻百里

此生與物妄相仇欲往長嫌苦見留淺瀨何知向人
惡漲溪豈復爲公流雨痕忽到工催客風信初來轉
打頭舉目汀洲都未改忽添清與滿行舟

下邳黃石公廟

圯下相逢南北人三邀不勸識天真十年却見穀城下叚糞同收一夢身

宿遷項羽廟

尺箠西來攏舳中驅馳力盡衆兵衝舊封獨守君臣義故國長修俎豆容平日軍聲同破竹少年心事喜摧鋒錦衣眷戀多鄉思肯餞田家社酒濃

呂梁

出没懸流雖有道憑陵險地本無心未能與物都無礙咫尺清泉亦自深

梁山泊次韻

近通泝泗麻鹽熟遠控江淮粳稻秋粗免塵泥汙市
脚莫嫌菱蔓繞船頭謀夫欲就桑田變客意終便畫
舫遊愁思錦江千萬里漁蓑空向夢中求時議者將乾此泊以種菽麥

梁山泊見荷花憶吳興五絶

南國家家漾綵艫芙蕖遠近日微明梁山泊裏逢花
發忽憶吳興十里行

終日舟行花尚多清香無奈着人何更須月出波光
淨卧聽漁家蕩槳歌

行到平湖憩目寬繁花仍得就船看回頭却向吳儂

說從此遠遊心未闌
花開南北一般紅路過江淮萬里通飛蓋靚粧迎客
笑鮮魚白酒醉船中
菰蒲出没風波際鴈鴨飛鳴霧雨中應爲高人愛吳
越故於齊魯作南風

次韻李公擇九日見約以疾不赴

它年逢九日杯酒逐英豪漸老經秋病𨶹酲何處高
床頭添藥裹坐上減牛毛寂寞知誰問煩公置濁醪

喜雪呈李公擇

秋來旱已久雪至亦不薄沉沉夜未眠籁籁聲初落

霏微入疎户，眩晃先朱閣。披衣視羣動，照屋始鬱[illegible]。
晨起犯清寒，繁陰看溟漠。喬林凍相倚，隙尾乾猶爍。
孤村掩圭竇，深逕没芒屩。平野心汗漫，四山增犖埆。
晩色漏斜陽，林光綵相錯。氛埃一清蕩，疫癘解纏縛。
寒蔬養春芽，宿麥布冬脚。官居亦何賴，歲事信所託。
逋逃幸一飽，剽盗止羣惡。無事樂自多，有酒庶可酌。
我行今不久，公到時方昨。豐穰識天意，暇豫可前約。
齋廚雖無餘，賓客甚易諾。行須酒壺倒，與待陰雲剥。

次韻范郎中仰之咏雪

倉廩未應空，長天霰寥漭。瓊瑤布地净，組練出師雄。

雲閣諸峯遍花繁百草同農謳麥壠外客興酒杯中

聚散占風力消蝸驗藥功歷城西北陽起石山其上不留雪　遠遊聊

自喜三見歲時豐

次韻李公朝著作見贈二首

遠客徙爲爾江邊有故丘汀洲信廣大鳧鴈任漂浮

好事時携酒歸心又倦遊還鄉定衰老朋友肯相收

又

稽古終何力扶衰讓有方故人憐困躓佳句贈輝光

未暇抽身去安能補翅翔空存踈懶性高卧笑羲皇

惠穆呂公挽詞二首

全齊開故國清廟饗元功德業眞無忝勳名但未充
邊防推信惠社稷倚勤忠不作司徒貴何慙鄭武公
又
風俗非平昔賢豪棄此時新阡長宿草行路拜豐碑
惠術遐方記嘉猷信史知悲涼哭墳客不爲受恩私
次韻蔣夔寒夜見過
都城廣大漫如天旅人騷屑誰與歡北風號怒屋無
瓦夜氣凝冽冰生槃雪聲旋下白玉片燈花暗結丹
砂丸叩門剥啄驚客至吹火倉卒憐君寒明時未省
有遺棄高論自笑終汗漫識君太學嵯歲久至今客

舍猶泥蟠正如憔悴入籠鶴坐見摧落凌風翰明朝
尚肯過吾飲有酒不盡行將酸

次韻王肇廷評招飲

病憶故鄉同越鳥性安田野似裨諶都城歲晚不歸
去客舍夜寒猶獨吟樽酒憐君偏好客詩篇寄我謬
知音會須雪裏相從飲覆必旋平無處尋

雪中會孫洙舍人飲王氏西堂戲成三絶

新歲逼人無一日殘冬飛雪已三迴百分琥珀從君
勸十里瓊瑤走馬來
南國高人真巨源華堂邂逅接清樽十年一見都如

夢莫怪終宵語笑喧

傾盡香醪雪亦晴東齋醉卧已三更佳人不慣生疎

客未盡清歌宛轉聲

雪中呈范景仁侍郎

羈遊亦何樂在此賢主人東齋暖且深高眠不知晨

開門驚照耀舞雪方繽紛繁雲覆庭廡落勢一何勻

霏霰本無着積疊巧相因蔦類忽同色九衢淨無塵

園林開組練觀闕堆瓊珉蟲書散鳥足縞帶翻車輪

遠遊浩千里欲出迷四鄰誰言助春農亦善欺客貧

賴我古君子高談吐陽春當方庇華屋豈憂無束薪

次韻景仁丙辰除夜

數舉除夜酒稍消少年豪浮光寄流水妙理付濁醪

徵陽未出土大雪飛鵝毛試問冰霜勁春來能久牢

次韻景仁招宋溫之職方小飲

高人兩無事相見輒傾懷時以酒相命何妨心自齋

燈期飛雪亂春候苦寒乖不就頹然醉難堪風月霾

次韻景仁飲宋溫之南軒二首

白髮迎新歲皤然國老更感時能細説對酒任徐行

又

畫軸高分品詩詞妙入評疎狂先醉倒應許恃鄉情

飲闌斜已罄話久僕須更高會良難得危言豈易行
歸休便老許得失任臺評猶有青編在它年不世情

次韻景仁正月十二日訪吳鎮寺丞二絕

夜雪滿庭雞失晨瓊田早出不驚塵急須卷凍鋪黃
道飲看燈山萬萬人
濁醪時飲十分杯萬象滇濛曉氣皚醉倒藍輿夜歸
去金吾寧復識誰哉

椰子玉郎中挽詞二首

晚歲抽身塵土中蕭山仍乞古仙宮羞時白髮隨馮
叟欲就丹砂繼葛洪龍虎未能留物化芭蕉久已悟

身空騷人欲作招寃賦蟬蛻疑非世俗同新詩錦繡爛成編醉墨龍蛇灑未乾共首卜居空舊約宛丘攜手憶餘歡風流可見身如在鄉國全歸意所安行到都門送君處長河清淚兩汍瀾

贈净因臻長老

十方老僧十年舊燕坐繩牀肴奔走遠遊新自濟南來滿身自覺多塵垢煖湯百斛勸我浴驪山衮衮泉傾實明窓困卧百緣絶此身瑩净初何有清泉自清身自潔塵垢無生亦無滅振衣却起就華堂老僧相對無言說南山采菌軟未乾西園擷菜寒方茁與君

飽食更何求一杯茗粥傾銅葉

次前韻答景仁

儒林談道亦云舊遠自太史牛馬走區區分別意何
爲擾擾秖添心上垢道大如天不可測異出同歸之
穿竇浩然一水散千溷却觀彼我曾無有我丈中心
氷玉黎世上浮雲盡灰滅終年行道自不知笑指空
門名異說此心未信道不生石上下種何由茁道在
起居飲食中安問胡僧分五葉

遊城西集慶園

送客城西容已遠歸路北池接南苑氷澌片斷水光

浮㳺縹和㶿風力輭繚牆朱户誰家園流水平畦春
日淺禁河分溜一池兒洛圃移花百金賤飛甍斤斧
聲未絶翠栢栽培影初徧傍人笑指高臺處前年酒
見荒榛滿金錢力奪天地功歲月未多風物換人生
富貴無不成都門坐置山林觀暖風遲日時一到早
出莫歸應未晚主人最貴稀出城長使憧憧路人看

遊景仁東園

新春甫驚蟄草木猶未知高人静無事頗怪春來遲
有輿出東郊輕裘試朝曦百草抱生意喬松解寒姿
尺書招友生冠蓋溢通逵人生瞬息間幸此休暇時

濁酒瀹浮蟻嘉蔬薦茶荑春來莫嫌早春去恐莫追
公卿多王事田野遂我私松筠自擁蔽里巷得遊嬉
隣家並侯伯朱門掩芳非畦花被錦繡庭檜森旌旗
華堂絢金碧疊觀凝煙霏髣髴象宮禁蕭條遠喧卑
徐行日一至何異已有之鄰城閉門早衆客紛將歸
垂楊返照下歸騎紅塵飛但卜末日歡未與清夜期
人散衆鄰絶庭空星斗垂安眠萬物外高世良在玆

欒城集卷第六